KB026549

詩시詩시非비非비

“

누구도 시비를 걸지 않는 세상,
시(詩)다운 세상을 꿈꾸며

”

침묵하지 않는 언어의 단상

詩詩非非

시 시 비 비

| 김사윤 산문집 |

문학공감

머리말

작지만 소중한 기억들, 그리고 창고 -

바다는 늘 그리운 곳이었습니다. 하지만 2014년 4월 16일 이후의 바다는 아픔이었고, 분노였고, 무엇보다도 슬픔이었지요. 단원고 학생 324명을 포함한 476명의 탑승객을 태운 세월호의 선체는 가라앉고, 어른들의 부정과 탐욕은 수면 위로 떠올랐지요. 그리고 차가운 밤이 찾아왔지요. 어린 학생들의 울부짖음을 외면했던 바다를 도저히 용서할 수 없었습니다. 그날 밤은 온 국민이 한잠도 이룰 수 없었지요. 시간이 지날수록 참사가 일어난 맹골수도의 진실은 왜곡되고, 차갑게 잊혀만 갔습니다. 이제 그 바다의 한가운데로 나아가려 합니다. 처음부터 끝까지 숭고한 존엄의 가치를 가진, 우리의 바다를 되찾기 위해서 문학의 힘을 빌어서 노를 저어 가려 합니다.

세상은 언제나 봉인(封印)된 것처럼, 저에게 낯설기만 했습니다. 주위 분들이 현실적인 문제(대부분 부족한 생활력을 나무라는)를 일깨워주셨지요. '강의'나 '청탁' 등의 구체적인 기회도 주셨지만, 당시에는 우이독경(牛耳讀經)에 가까웠음을 고백합니다. 자존감의 붕괴, 가장으로서 생업에 대한 책임감이 날마다 물먹은 솜이불처럼 눅진하게 짓누르고 있었지요. 들키고 싶지 않았습니다. 저의 비루(鄙陋)한 '마음'을 누구에게도 들키고 싶지 않았지요. 전업 작가의 고집을 접을 수밖에 없는 대목이었습니다.

바다를 오랫동안 바라보면, 시어(詩語)처럼 파도가 들고 나는 것을 볼 수 있지요. 그런 날에는 하늘과 바다가 맞닿은 수평선에서 외줄을 타는 저를 발견하곤 했지요. 이렇듯 비와 바다는, 언제나 저에게 화두(話頭)였습니다.

어떤 분이 '문학도 상품이고, 상품은 고객의 요구에 맞출 수 있어야 한다. 혼자 만족할 거면 무슨 이유로 작품을 발표하는가. 집에서 일기나 쓰지.'라는 글을 남긴 걸 보았습니다. 뒤통수를 한 대 맞은 느낌이 들었습니다. 그러고 보니 저는 단 한 번도 독자를 고객이라 여겨본 적이 없었던 것임에 틀림없습니다. 한 마디로 제 작품들은 욕도 잘 못 하는 '욕쟁이 할머니'의 짝퉁 국밥집 같은 개념에 가까운 건 아니었을까 하는 자괴감마저 들었습니다. 그나마 고객의 충성도가 높은 할머니의 국밥집은 '맛'이라도 있지, 저는 맛도 없는 시를 계속 발표해 온 것은 아닐까 하는 생각이 들었지요. 그날 노트에 '어쩌나. 어쩌나, 어쩌나'를 수십 번은 적은 것 같네요.

누리소통망(Social Network Services)의 역할이 점점 커지는 요즘입니다. 이곳은 개인적인 온라인 공간이지만, 공인들이 게시한 글들이 언론에 가감 없이 회자되기도 합니다. 다른 건 몰라도, SNS가 정치에 대한 국민들의 관심과 참여를 적극적으로 불러일으키는 데, 큰 영향을 준 공로만큼은 인정해줘야 할 것 같아요. 저도 소소한 일상과 상념들을 남기기 시작했는데, 처음에는 저와 주변 이야기가 전부였지요. 그러다가 점점 정치와 사회문제에까지 속내를 드러내게 만드는 마력 같은 소통의 장이었음을 깨달았지요. 여러분들이 댓글이나 쪽지로 저에게 의견을 물어봐 줄 때에는, 마치 혁명의 투사라도 된 양 득의양양해서 잘난 척했던 기억이 새삼 떠올라 부끄러워집니다.

이번 작품은 저의 '첫 산문집'이고, 아이들 다락방의 보물창고처럼, 소중한 시작(詩作)의 시발(始發) 역할을 해 온 단상들을 정리해본 것입니다. 창피하고 부끄럽지만 소중한 비밀 창고를 보여드리는 것이라고 이해해주시면 고맙겠습니다. 첨예한 정치적인 글들은 가능하면 배제하고, 순수문학과 연관이 있거나 서정적인 글들만을 간추려 모았으니, 혹시 문학에 대한 관심이 있는 분들에게는 시상(詩想)의 발화(發火)에 조금이나마 도움이 될까 하는 간절한 마음도 담았습니다.

끝으로 글쓰기를 빙자하여 툭하면 문행(文行)을 떠나버리는 저의 부재(不在)에도, 묵묵히 믿고 기다려준 아내와 사랑하는 아들 김임구, 생색내지 않고 묵묵히 응원해주는 친구 최운성과 박경주 작가, 김선영 선생님 그리고 이상엽, 성민하, 서현준 군을 비롯한 사랑하는 멘티들에게도 고마운 마음을 전합니다. 특히 대내외적으로 불황이라는 출판업계에서 오직 양서 보급의 사명감으로 묵묵히 걸어가는 문학공감 김재홍 대표의 용기에도 큰 박수를 보냅니다. 아울러 문학의 저변확대를 위해서, 물심양면으로 다양한 도움을 준 엄도현 작가를 비롯한 모든 분들에게도 지면을 빌어 마음을 전합니다. 사랑합니다. 여러분.

2019. 3.
진밭골에서
시인 김사윤

차례

3 _ 하나를 버릴 용기

4 _ 구두 두 켤레

5 _ 그대로의 사랑

1

—

휴(休), 한숨

날개

모든 날개에는 다리가 있습니다. 하지만 모든 다리에 날개가 있는 것은 아니지요. 곤충에서 조류에 이르기까지, 날아다니는 모든 것들은 다리가 있습니다. 왜일까요? 하늘에 언제나 머물 수는 없기 때문입니다. 두 발이 대지나 나뭇가지에 닿아야 '쉴' 수 있기 때문입니다. 쉬지 않고는 날갯짓을 할 수 없습니다. 날 때가 있으면 쉴 때도 있는 법이지요. 어쩌면 자유롭게 하늘을 날아다니는 새들은, 머무르지 못함을 슬퍼하고 있을지도 모릅니다.

승승장구하는 사람들이 부러울 때도 있지만, 그들은 오히려 우리를 부러워할지도 모릅니다. 어쩌면 그들이 원하는 것은, 사랑하는 사람과 여유롭게 밥 한 그릇 나누는 일일지도 모릅니다. 그것이 사실이 아닐지라도, 실망하지 마세요. 날개를 접고 펴는 것은 적어도 여러분들의 마음이니까요.

밤을 잊은 그대에게

잠을 이루지 못할 때는 하나씩 버려봅니다. 숙면의 조건은 새털처럼 가벼운 마음이니까요. 마음이 무거워지면 잠을 이룰 수 없겠지요. 먼저 시기심을 버려봅니다. 치석처럼 매 순간 끼어드는 것이 바로 남들과 비교를 하는 못난 당신의 모습이지요. 누가 잘 되기를 간절히 바랐던 사람조차, 막상 그 사람이 잘 되면 괜히 시기하는 마음이 생깁니다.

이래서 사돈이 땅을 사면 배가 아프다고 하나 봅니다. 누구나 그렇습니다. 그래서 양치를 합니다. 치석을 제거하듯 마음에 자리한, 불편하고 못난 마음들을 깨끗이 씻어내야 합니다. 음식을 먹고 나서 꼭 양치를 하듯, 사람을 만나고 나면 언제나 못난 모습부터 지워내야 합니다.

다음은 원망을 버려볼 순서입니다. 살다 보면 누구의 '탓'을 해보지 않은 사람이 누가 있을까요? 부모님을 탓하고, 친구를 탓하는 것이 반복되면, 정말 이 모든 잘못된 것들은 모두 그들의 탓인 것 같기도 합니다. 때로는 주변 환경과 사람의 영향을 받을 수도 있지요. 그건 어쩔 수 없는 일입니다. 그렇다고 해서 당신의 인생 전체에 대한 책임을 그들에게 떠넘겨서는 안 되겠지요. 그분들도 당신에게 탓하고 싶은 것들이 많을 테니까요. 인생의 대부분은 스스로가 결정하는 것입니다.

누구든 자신의 인생에 대한 책임으로부터 자유롭지 못한 법입니다. 요즘 밤낮이 바뀐 사람들이 많습니다. 현대인들의 편의에 따라 다양한 야간활동이 늘어났기 때문이겠지요. 심야영업을 하는 곳도 많아져서 밤에 활동하는 인구가 급격하게 증가한 때문이기도 하지요.

멜라토닌이 부족한 사람들이 많이 늘어났습니다. 인체의 생체리듬을 주관하는 멜라토닌이 부족하면 숙면을 취할 수가 없겠지요. 멜라토닌은 햇볕을 충분히 받으면 자연스럽게 축적이 되는데, 현실적으로 그러지 못한 사람들이 많지요. 숙면을 취하지 못하면, 스트레스를 받게 되고 신경이 예민해지고 사람들과 다툼이 잦아지게 됩니다. 이를 해결하기 위한 대체방법이 한 가지 있습니다. 따스한 물에 목욕하는 것이 멜라토닌을 생성하는데 도움이 된다고 하네요. 저도 오늘은 따스하게 목욕을 하고 숙면을 취하려고 합니다. 밤을 잊은 당신에게도 이 방법을 권해 봅니다.

휴(休), 한숨

마음이 너무 아프면, 숨 쉬는 것조차 힘이 들지요. 이러다 정말 숨이 막혀 죽어버릴 수도 있겠구나 싶을 때도 있습니다. 사랑하는 사람이 제 말을 믿어주지 않을 때 그러하고, 그의 말이 믿어지지 않을 때 그러합니다. 마음속에 의구심이 가시지 않을 때, 관계의 '안락사'를 권유합니다. 호흡기를 끼고 연명해가는 관계는, 모두를 지치게 할 수도 있으니까요. 누구나 믿지 못할 행동을 보여주었을 때는 이를 반복하지 말아야 합니다. 같은 실수를 반복하면, 상대에게 의심이 아닌 직관을 갖게 합니다. 그럼에도 사랑을 하고 있다면, 믿어야 합니다. 그럴 자신 없으면 사랑하지 말아야 합니다.

사랑을 하면 할수록 점점 자신을 잃어가는 당신에게 당부합니다. 사랑은 나를 버리고 상대를 취하는 것이 아니라, 함께 걸어가는 길입니다. 그 길에서 누구도 지치지 않기를 바랍니다. 한숨을 쉬면 마음이 참 편해집니다. 그런데도 어른들은 아이들에게 한숨을 왜 쉬냐고 지청구를 늘어놓곤 하지요. 한숨조차 쉬지 않으면 답답한 심폐기관들이 곪아터질는지도 모르는데 말이지요. 아이들이라고 걱정이 없을까요. 작은 심장이 다치기도 하고 상처를 받기도 합니다. 보통은 견딜 수 있을 만큼, 가끔은 견디기 힘들 만큼 커다란 상처를 받기도 합니다.

때론 다른 사람도 아닌 가족들이 그런 상처를 주기도 합니다. 그럴 때마다 아이들은 휴, 한숨을 쉽니다. 청승맞게 한숨을 쉰다고 타박하지 마세요. 아이들이 견디기 힘들 때, 숨을 쉬기 위한 본능적인 것이니까요. 휴(休)는 쉬어가는 소리입니다. 당신, 많이 힘들면 따라 해보세요. 휴(休).

불편한 이야기

자신의 어떤 부분이 다른 사람들을 불편하게 한다면 반드시 고쳐야 합니다. 모든 사람들이 한 사람에게 맞출 수는 없는 노릇입니다. '타고난 성격'이 핑계가 될 수는 없습니다. 그로 인해서 상처를 받은 사람이 있다면, 좀 더 부드러워질 필요가 있습니다. 쉬운 일은 아니지만 해야 할 일입니다. 그 일을 해내지 못하는 사람은 결국 혼자 고립될 수밖에 없습니다.

여태까지 잘 살아왔으니, 아무런 문제가 없다고 주장하는 사람도 있습니다. 그런 분의 주위를 살펴보면, 십 년 이상 된 인연이 없거나 드물 것임에 분명합니다. 처음에는 상대가 맞춰주려고 노력도 하고, 참아주기도 하겠지만, 거기에는 분명 한계가 있습니다. 누군가 "당신은 이런 점을 고치도록 해 보세요."라고 말해주면, 그분을 놓치지 말아야 합니다. 당신을 진정 아끼는 사람이니까요. 그리고 그 말을 흘려듣지 말아야 합니다. 그 기회를 놓친다면 당신은 바보임에 틀림없습니다.

골목길

전봇대는 추억입니다. 어릴 적에는 술래와 한편이 되어 주기도 한 전봇대는 추억입니다. 제 키가 자라는 동안에도 전봇대는 자라지 않고 기다려 주었지요. 그 전봇대가 하나, 둘씩 사라지고 있습니다.

여전히 추억으로 남아있지만, 바람직한 현상입니다. 저는 알지 못했습니다. 전봇대의 꼭대기에 수많은 전선들이 메두사의 풀어헤친 머리카락처럼 하늘을 가린다는 것을요. 전선에 앉은 참새와 비둘기들이 감전되어 죽어가는 수가 어마어마하게 많았다는 것을요.

전봇대는 그래도 추억입니다. 추억은 추억대로, 슬픔은 슬픔대로 남게 되겠지요. 형제의 의미는 혈연 이상의 의미를 가집니다. 대개는 한 부모로부터 태어나 함께 자라나고, 성인이 되어 각자의 길을 가기 전까지 대부분의 시간을 함께 보낸 관계를 '형제'라고 하지요. 서로의 단점을 너무나 잘 알고 있어서, 상처를 쉽게 주기도 합니다. 크고 작은 문제로 토닥토닥 자주 다투기도 하는 관계, 그럼에도 불구하고, 힘들고 지쳐 있을 때 곁에서 묵묵히 힘이 되어 주는 관계를 우리는 '형제'라고 부릅니다. 요즘 형제간의 관계가 위험합니다. 재산이나 그 외의 이해관계로 인해, 목불인견(目不忍見)의 사건들이 많이 발생하기도 합니다. 그들은 어렸을 때의 추억을 잃어버린 가엾은 사람들이지요.

제가 고등학생이었을 때 형은 대학생이었지요. 어느 날이었습니다.

"너, 무협지 왜 봤어?"

다짜고짜 제게 혼을 냈지요. 전 세로쓰기로 인쇄된 무협지에는 관심도 없었고, 무엇보다도 무협소설을 싫어했지요.

"넌 대학 갈 생각이 없냐?"

형은 막무가내로 점점 더 저를 나무라기 시작했습니다. 전 본 적 없다고 소리쳤지요. 형이 빌려온 무협지 중에 한 권이 보이지 않아서 저를 의심했다고 하더군요. 억울했지만, 이미 혼난 걸 물어낼 수도 없는 상황이었지요. 그날 저녁에 형은, 제가 좋아하는 아이스크림을 말없이 내밀었습니다. 속으로는 당장 먹고 싶었지만, 자존심이 상해서 안 먹겠다고 했지요. 그랬더니, 형도 먹지 않고 아이스크림 두 개를 냉장고에 넣었습니다.

아이스크림의 행방이 궁금한가요? 다음 날 눈 뜨자마자, 두 개 모두 제가 먹어버렸습니다. 딸기와 바나나가 귀하던 시절, 향신료를 첨가한 아이스크림만으로도 행복했던 기억들이 남아 있는 건, '귀한 줄 알았기' 때문이지요. 지금은 사시사철 '진짜'를 사 먹을 수 있을 만큼 풍족합니다. 그런데도 예전의 그 맛을 느낄 수가 없습니다. 추억을 빠뜨리고 '먹는 데'만 급급하기 때문이지요. 부산스러운 일들은 한여름의 소나기처럼 한꺼번에 쏟아집니다. 지금 당신은 얼마나 바쁜가요? 정신없이 바쁜 시간을 보낼 때마다 당신의 행복했던 어린 시절의 한 토막을 꺼내어 회상해보길 권합니다.

아무 걱정이 없었거나, 기억나지 않을 걱정만 하던, 그 어린 시절의 추억을 떠올려 보세요. 한결 여유로워질 테니까요. 비 내리는 날에는 골목길을 걸어 보세요. 처마 위로 타닥타닥 빗방울이 바삐 떨어지는 소리가 경쾌합니다. 조금 더 걸어가다 보면, 어느 집에서 고구마 찌는 구수한 냄새가 낮은 담장을 넘을 때도 있습니다. 비뚤비뚤 기다란 골목길은 언제나 추억 한 자락을 불러옵니다.

그녀와 그

두 사람이 만났습니다. 여자는 술을 좋아합니다. 술자리도 좋아하지요. 남자는 술을 좋아하지 않습니다. 그나마 술자리는 좋아해서 여자와 남자는 만났습니다. 그래서 여자는 '그의 여자'가 되었고, 남자는 '그녀의 남자'가 되었지요. 여자는 술을 많이 좋아합니다. 술자리는 더 많이 좋아하지요. 특히 새로운 사람들을 만나는 것을 좋아했습니다. 남자는 그녀와의 술자리만 좋아했지요. 그녀에게는 '그녀의 남자들'이 많았지만, 남자는 오직 '그의 여자'뿐이었지요.

여자는 '그'가 없는 술자리에서 밤새워 술을 마십니다. 물론 그러는 사이 그녀는 '그'를 잊고 있었지요. 그는 밤새워 그녀를 기다렸습니다. 처음에 그녀는 그에게 '술을 좋아하지 않는 당신'이어서 이해를 못하는 것이라 했지요. 남자는 그녀에게 믿지 못해서가 아니라 걱정될 뿐이라고 얘기했지요. 그래서 그녀는 너무 늦어지면 연락을 하겠노라고 했지요. 하지만 그녀는 매번 연락하는 것을 잊어버렸지요. 이런 상황이 반복되자, 남자는 그녀를 떠나기로 마음먹었지요. 그녀는 그에게 상처를 받았다며 '또 다른 그'를 찾아 나섰지요. 언제나 그녀는 외로웠고, 수많은 술자리도 더 이상 즐겁지 않았지요.

그날 이후부터 여자는 슬픈 음악만 듣고, 술을 마시다가 가끔 고개를 끄덕이기도 합니다. 눈물을 흘리나 봅니다. 여자가 혼자 음악을 듣고, 혼자 술을 마시다가 눈물을 흘리기도 합니다. 제대로 이별인가 봅니다. 이별은 늘 그렇게 혼자 끄덕이며 술을 마시게도 하나 봅니다. 자리에서 일어나는가 싶더니, 다시 그 자리에 주저앉고 맙니다. 꽤 많이 마셨나 봅니다.

오랜 시간이 흘렀는데도, 아무도 찾아오지 않습니다. 정말 이별인가 봅니다. 갑자기 비가 내리기 시작합니다. 여자는 창밖을 보더니, 화장을 고치고 다시 일어나더니 밖으로 나갔습니다. 이별로부터 멀어지려고 자리를 비웠나 봅니다. 어떤 이별인지는 몰라도 그녀를 따라나서지 않았으면 좋겠습니다. 그보다 저 여자가 마주한 것이 이별이 아니었으면 좋겠습니다. 비가 꽤 많이 내리려나 봅니다. 그에게 그녀는, 그녀에게 그는 과연 무엇이었을까요.

말 건네기

오늘 하루는 아스라이 멀어지는 누군가를 찾아 나서는 날입니다. 멀어져가는 인연에게 말을 건네는 날이지요. 가끔 횡단보도를 건널 때나, 편의점에서 물건을 살 때 문득 떠오르는 얼굴이 있습니다. 생각지도 않았는데, 물건이나 사람을 보다가 문득 '여태 그 사람을 잊고 살았네. 요즘은 뭘 하고 지내고 있을까?'라는 생각이 들 때가 있지요. 그럴 때는 망설이는 법이 없어야 합니다. 바로 연락을 해야 합니다. 그렇지 않으면 안면인식에 둔감한 저 같은 사람은 잊어버리기 십상이니까요. 기억력이 좋고, 눈썰미가 뛰어난 당신도 그랬으면 좋겠습니다.

당신을 그리워할지도 모르는 사람들에게 예의를 다하는 날이기를 바랄게요. 당신이 그리워하는 그 사람이, 당신을 전혀 그리워하지 않았다고 해도 체념할 필요는 없어요. 기억은 서로 다른 무게로 남아있게 마련이니까요. 무심코 지나가 버린 시간 중에서 당신이 사과해야 할 사람이 있을 수도 있겠네요. 오늘은 그 사람에게 전화를 걸어보는 날입니다. 전화할 용기가 없다면 문자라도 보내보세요. 답장이 없더라도 상심할 이유는 그 어디에도 없습니다. 생각이 나서 연락했다고 하면, 적어도 후회나 미련은 없을 테니까요.

자존심은 그 사람에게도 당신에게도, 관계에 도움이 되지 않습니다. 다행히 당신을 기억하고 있다면 아직 늦지 않았습니다. 기억 못

할지도 모르겠지만, 당신이 문득 그를 떠올렸듯이, 그도 금방 당신을 기억해 낼 테니까 걱정하지 말고 전화를 걸어 보세요. 처음 말을 건넬 때 용기가 필요했던 것처럼, 오랜 시간이 지난 후 말을 건넬 때도 용기가 필요합니다. 오늘은 당신과 나, 용기를 내 보기로 하는 날입니다.

거절의 미소

어떤 부탁을 누구에게 했을 때, 거절당하면 당신의 표정부터 바뀝니다. 정색을 하며 다시는 보지 않을 것처럼 '네, 알겠습니다.'하고 차갑게 돌아서지요. 물론 부탁을 들어주지 않으면 섭섭할 수도 있고, 야속할 수도 있습니다. 그렇다고 해서 부탁을 무조건 들어줘야 할 이유는 그 어디에도 없습니다.

설사 당신에게 신세진 적이 있는 사람이라고 할지라도 거절당할 수 있습니다. 그런 사람이 거절할 때는 따스한 미소를 더욱 보여주어야 합니다. 그가 거절한다면, 정말 어쩔 수 없는 사정이 있을 것이 분명하니까요.

당신의 부탁이 그에게 부담이 되어서는 안 됩니다. 상대가 부탁을 거절한다고 해서 너무 속상해하지 마세요. 당신이 싫어서가 아니라, 단지 이번 부탁을 들어주기가 힘든 것뿐입니다. 그 사람을 미워해서도 안 됩니다. 같은 사람에게 다른 부탁을 할 수도 있고, 그 사람이 힘들 때 당신에게 다가올 수도 있으니까요.

인연의 맺고 끊음이 부탁 한 가지를 두고 좌지우지되어선 안 될 일이지요. 부탁을 거절하는 사람들의 마음을 헤아려주고, 환하게 웃어줄 수만 있다면, 그 사람은 당신을 잊을 수 없을 겁니다.

소중한 인연의 시작은 곤란한 일을 공유할 때입니다. 반대로 누군가 당신에게 부탁하면, 그 사람이 찾아온 마지막 사람이 '당신'이라는 마음을 가져야 합니다. 무조건 부탁을 들어주라는 것이 아니라, 들어줄 수만 있다면 부정한 일이 아니라면 들어주어야 합니다.

들어줄 수 없는 부탁이라면 어떤 여지도 남기지 말아야 합니다. 대신 빈손으로 보내지 말고 따스한 차라도 한 잔 권하세요. 또다시 누군가에게 손을 내밀려면 그에게도 용기가 필요할 테니까요.

뚜벅뚜벅

그냥 가던 길을 걸어가면 아무 일도 없었을 텐데, 뒤돌아보다가 넘어지는 수가 있지요. 때늦은 원망이나 후회는, 아무 효험도 없는 약재나 다름없지요.

당신은 뒤돌아보면서 봤던 모든 기억들을 하나씩 지우고 새로 시작할 수밖에 없습니다. 누구에게 상처를 주었건 받았건, 더 이상 뒤돌아보지 마세요. 상처를 주었다면 반성하고, 받았다면 용서하고 앞으로 나아가야 합니다. 여차하면 또 넘어질 수도 있으니까요.

넘어져서 생긴 상처보다, 넘어진 당신에게 쏟아지는 비난이 더 견디기 힘들 테니까요. 이미 넘어지고 말았다면 어서 일어나서 새로 걸어가야 합니다.

아무것도 아닙니다. 당신을 믿고 있는 사람들을 위해서라도, 어서 툭툭 털고 일어나서 뚜벅뚜벅 똑바로 걸어가야 합니다.

살아가는 이유

사랑을 해야 합니다. 사랑을 하지 않으면 살아갈 이유가 없습니다. 누구나 사랑받길 원하지요. "난, 사랑 따위는 필요 없어."라고 말하는 사람도, 사랑을 받기 시작하면 그 사랑이 사라질까 두려워하지요.

스스로 사랑받기를 원하면서, 남을 사랑하지 않는다는 건 애초 말이 안 됩니다. 사람을 향한 사랑만 일컫는 게 아니라, 동물이건 일이건 무엇이건 사랑하세요. 그것도 미친 듯이 말입니다. 치열하게 살아가며 사랑하는 일, 그것이 우리가 살아가야 할 이유니까요.

누구나 할 수 있는 사랑, 아무나 할 수 없는 것임에는 분명합니다. 사랑을 하게 되면 좋아하는 음식뿐만 아니라 취미까지도 닮아가지요. 한쪽이 한쪽을 끊임없이 맞추어가는 일, 모르긴 해도 그게 사랑입니다. 서로가 맞추어간다고는 하지만 한쪽으로 많이 기울어진 채 시작하는 사랑도 많지요. 물론 처음부터 서로가 똑같은 무게로 사랑한다면, 더할 나위 없이 좋겠지만 드문 일입니다. 시간이 흘러서 서로 익숙해져갈 즈음, 다투게 마련이니까요. '내가 널 위해서 이만큼 참아왔는데, 넌 겨우 이거밖에 못해?'라고 생각하면서요.

사랑은 참는 것이 아니라, 그냥 빠져드는 것입니다. 한 마디로 사랑은 따질 이유도 없는 그대로의 사랑일 뿐이지요. 사랑은 거래가 아니니까요. 우리는 우리도 잘 모르는 사이에 익숙한 것들로부터 안

주하려는 마음이 생기지요. 그래서 정치적으로 보수를 주장하는 분들이 '안정적인 국가'를 만들 수 있다고 자신할 수 있는 건지도 모르겠습니다. 하지만 살다 보면, 가장 익숙한 것들로부터 상처를 받고 힘들어합니다.

가령 늘 타고 다니던 차가 고장이 난다든지, 알고 지낸 지 오래된 사람들로부터 외면을 당하는 경우도 그렇습니다. 여기에서 우리는 두 가지 중 하나를 택할 수 있습니다. 지금까지 해왔던 것처럼 그냥 수리해서 차를 타고 다니든지 신차로 바꾸든지, 참고 그 사람과의 인연을 이어가든, 정리하든 결정을 해야 합니다. 그 선택에 따라서 우리가 살아가는 삶이 달라질 수도 있답니다.

요즘 '있는 그대로의 나'를 보여주고, 가식 없이 사랑을 해야 한다고들 합니다. 평등하게 사랑을 해야 나중에 문제가 생기지 않는다고 말입니다. 사랑은 보험이 아니지요. 약관을 확인하듯 서로의 조건을 맞추고, 사랑을 하는 것은 사랑이 아닙니다. 그것은 말 그대로 계약이지요. 상대에게 억지로 맞추는 것이 아니라, 맞추어주고 싶은 '마음'이 사랑입니다. 사랑하는 이가 좋아하는 것들을 해주고 싶은 마음입니다. 그가 가고 싶은 곳이 설사 내가 가고 싶지 않은 곳이라 할지라도, 그가 행복해하는 모습을 보면 당신도 행복해지니까 함께 떠나는 것이지요.

우리가 사랑하는 연인들에게 "너, 바보야? 그 사람은 널 이용하고 있다고!"라는 말은 하지 말아야 할 말입니다. 그런 말은 조언도 아니고, 그야말로 '사랑'이라고는 아무것도 모르는 사람의 참견일 뿐이니까요. 누군가 저를 이용한다고 해도 사랑이라면 그 또한 기쁘게 받아들일 수 있을 것 같아요. 사랑이니까요.

매미의 허물

도심에서 매미의 허물을 보는 일은 드문 일입니다. 어느 날, 아파트 현관 출입구의 벽에 붙어있는 투명한 허물을 보고 깜짝 놀랐습니다. 매미의 허물을 볼 기회는 거의 없었지만, 대번에 알아보았습니다. 너무나 뚜렷하게 남겨진 매미의 그것을 보다가 문득, 우리의 삶에서 허물은 어떤 의미일까 하는 생각이 들었습니다.

어떤 이는 오랜 인연 끝에 떠나며 허물로 남아있고, 어떤 이는 함께 있음에도 허물처럼 느껴지는 사람도 있습니다. 물론 살쾡이 같은 사람도 있습니다. 마을을 내려와 닭장에 갇힌 항거하지 못할 닭들로 제 배를 채우는 그 야비한 근성을 꼭 닮은 사람이 있습니다. 마음을 다친 후, 세상 밖으로 나설 용기가 없는 이들의 곁을 서성이며, 그들의 영혼을 훔치고 마침내 세상을 등지게 하는 야생의 그것을 지니고 있지요.

아무리 삶이 우리를 굶주리게 하더라도 우리는 삵이 되어서도, 삵에게 당해서도 안 되겠지요. 사이비 종교는 막다른 길입니다. 그 길에서 외로움을 견디지 못하고, 잡지 말아야 할 손을 잡고, 하지 말아야 할 말들을 합니다. 막다른 길은 길이 아닙니다.

더 이상 갈 곳이 없으면 길이 아니지요. 굳이 그곳에서 길을 찾으려고 하지 말고 돌아서 나오세요. 당신이 있어야 할 곳이 아닙니다. 혹시 그곳에서 다른 사람을 만나게 되면, 그 사람의 손도 잡고, 함께 그곳으로부터 벗어나야 합니다. 당신에게 그곳은 어떤 위로도 될 수 없습니다.

사이비종교는 영혼의 안식을 주는 곳이 아니라, 피폐한 영혼을 가둬두는 닭장과 같은 곳입니다. 어서 그곳을 빠져나오시길 바랍니다. 악마는 상상의 괴물이 아니라 현실 속에 실존하는 사이비 교주입니다. 그곳에 당신의 어떤 허물도 남기지 말고 빠져나올 수 있기를 바랍니다.

또 다른 이유

"요즘은 직원들이 상전이야! 다른 가게에서 조금만 월급을 더 준다고 하면 금방 관두고 가 버리거든."

한 대형식당 주인이 오늘 또 한 분 일을 관뒀다고 투덜거립니다. "그럼 사장님이 월급을 더 주면 다른 데로 안 갈 텐데요."라고 했더니 "이게 얼마나 남는 장사라고 월급을 더 줘요? 문 닫는 거 보고 싶어요?"라고 발끈합니다. 궁금해집니다. 다른 식당으로 옮겨간 종업원은 얼마나 남는다고 옮겨 갔는지 말입니다. 주인의 말처럼 직원이 돈 몇 푼을 더 받기 위해서 그곳을 그만두었다고 해도 그것이 '상전' 소리를 들을 만큼 대우받을 소리인지 알 수가 없네요. 그곳에서 직원들은 여전히 분주하게 음식을 만들고, 열심히 나르고 있고, 주인은 입구에서 편하게 앉아 계산을 하고 계시던데 말이지요. 어쩌면 그곳 주인이 생각하듯 단순히 다른 곳에서 월급을 더 준다고 옮긴 것이 아니라, 사람에 대한 실망이 더 큰 이유일 수도 있겠습니다.

때늦은 사과

어제 일만 생각하면 부글부글 화가 치밀어 오릅니다. 그의 행동이 생각하면 할수록 이해할 수 없었습니다. 아무리 술에 취했다고는 하지만 연세도 있는 분이 주사(酒邪)를 보인 건 실수였으니까요. 점심을 먹고 난 후에도 자꾸 생각나서 일이 손에 잡히지 않았지요. 그러던 차에 그에게서 전화가 왔습니다. 수화기 너머 호탕한 웃음소리가 들렸습니다.

"어제는 정말 미안했네. 술이 원수지. 자네는 이해하겠지만, 도무지 사과를 안 하면 못 견디는 성격이라서 말이야." 당황스러웠지만, 저도 모르게 입가에 미소가 번지고 있었지요. 이렇게 절묘한 타이밍이 또 있을까요. 조금 전까지 그렇게 분노하게 했던 일들이 아무것도 아닌 일이 되어버렸습니다. 게다가 사과전화를 한 것에 대해 고마운 마음까지 드는 건 또 뭘까요? 당신도 혹시 사과할 일이 생기면, 망설이지 마세요. 어떤 사과든 빠를수록 그 사람을 웃음 짓게 할 수 있으니까요.

말 못할 이야기

여백이 필요합니다. 사람과 사람 사이에도, 공간과 공간 사이에도 여백은 꼭 필요합니다. 사람과의 여백이 없으면 숨이 막혀서 좋았던 관계가 금방 끝나 버릴 수도 있고, 건물과 건물 사이에 여백이 없으면 세찬 비바람에 쓰러지고 맙니다.

사람 사이에는 시간이, 건물 사이에는 바람이 지나갈 틈을 주어야 합니다. 그래야 모두 행복할 수 있는 거지요. 서로에 대해서 모든 것을 알아야 하는 것이 행복이 아닙니다. 알면서도 모른 척 넘어가 주는 틈이 있어야 합니다. 특히 사랑하는 사람이라면 더욱 그러해야 하지요.

우리는 사랑을 하면서 언제나 '말하지 않은 어떤 것'들로 인해서 상처를 쉽게 받습니다. 왜 미리 말해주지 않았느냐면서 화를 내고, '말하지 않으니까 모를 수밖에 없지 않느냐'고 반문하기도 합니다. 하지만 잊지 말아야 할 것은 우리 모두 때로는 '말하지 못할 이야기'도 있다는 사실입니다.

민들레

꿈을 꾸는 데 무슨 망설임이 필요할까요? 지금 당장 그 꿈을 이룰 수 없다 해도 꿈꾸는 일을 멈추어선 안 됩니다. 그 꿈이 깨진다고 해도 좌절하지 마세요. 또 다른 꿈을 꾸면 되니까요. 우리가 꿀 수 있는 꿈은 밤하늘의 별만큼이나 많으니까 걱정하지 마세요. 민들레처럼 흩어져 씨를 뿌리는 일, 우리가 꿈을 꾸는 일이지요. 꿈을 버리지 마세요. 우리가 살아가는 일은 꿈을 꾸는 일입니다. 사람으로 살아가는 일, 꿈을 꾸는 일입니다. 꿈 하나를 이루었다면, 또 다른 꿈을 꾸어야 합니다. 그래야 별처럼 반짝일 수 있으니까요.

꿈은 버리는 게 아니라 키우는 것입니다. 어릴 때부터 가꾸어오던 꿈이 어른이 되어가면서 점점 희미해지고 작아져서, 마침내 아득한 점이 되어 버리는 것이 현실입니다. 현실에 안주할수록 그 시간의 간극은 점점 짧아지지요. 우리는 꿈을 꾸어야 합니다. 꿈은 잊히는 것이 아니라 키워가는 것이니까요.

현실은 꿈으로부터 멀어져가는 터널이 아니라, 꿈으로 향해가는 바다입니다. 그 바다 위에 나만의 배를 띄우고 바람과 맞서 노를 저어가는 일, 그것이 꿈을 꾸는 일이고, 꿈을 이루는 일이지요.

다른 이들의 꿈도 존중하고 사랑해 주어야 합니다. 민들레 홀씨가 이리저리 날아다니면서 다른 홀씨들을 시기하지 않는 것처럼 말이지요. 여러 사람이 한 가지 꿈을 꾸는 일도 즐거운 일입니다. 함께 꿈을 꾸는 일은 훨씬 더 행복한 일입니다. 도란도란 꿈에 대해서 이야기를 나누다 보면 어느새 그 길에 닿아 있을 테니까요.

입시를 앞둔 수험생들이 친구들과 경쟁을 해야 한다는 것은 슬픈 일이지만, 그것 때문에 친구를 미워해서는 안 되겠지요. 혼자 일등이 되기 위해서 외롭고 쓸쓸한 길을 가는 아이들은 꿈을 꿀 시간이 부족합니다. 친구들과 교류하면서 함께 공부한 아이들이 사회에 나가서 더욱 잘 적응하는 것은 우연이 아닙니다. 함께 꿈을 꾸는 법을 알려주어야겠지요. 친구는 경쟁자가 아닌, 그냥 친구일 뿐입니다.

꿈을 꾸는 일, 청소년들에게는 수학공식이나 영어구문보다 더 소중하고 가치 있는 일입니다. 한 치 앞도 볼 수 없는 미래에 대한 불안감으로 힘든 이들이 많습니다. 이럴 때일수록 우리에게 필요한 것은 꿈을 꾸는 일입니다. 그 꿈이 크건 작건 꿈꾸는 이들만이 행복해질 수 있습니다. 앞으로의 일은 아무도 알 수 없습니다. 하지만 지금 할 수 있는 일들을 차곡차곡 채워가다 보면, 미래에는 무언가로 가득 차 있을 것임에 분명합니다.

우리는 자기만의 창고를 꼭꼭 채워서는 결코 행복할 수 없습니다. 우리 모두의 창고에 양식이 차 있을 때, 비로소 함께 행복해질 수 있지요. 그것이 우리가 꿈꾸는 세상입니다. 혼자 욕심을 부리면 그 어떤 경우에도 행복할 수 없습니다. 내 배만 채우고 길을 나섰을 때,

온통 굶주린 이들을 만난다고 상상해 보세요. 끔찍하지 않을까요? 우월감은 잠시지요. 그들의 분노를 감당할 자신이 없다면, 나눠가지는 것이 행복임을 어서 깨달아야 하지요. 혼자 살아가는 세상이 아니니까요.

조그만 계산기 하나만 있어도 친구들과 행복한 시절이 있었지요. 그걸로 친구의 머리에 슥 문지르곤 "야, 이게 너의 아이큐야?"하고 놀려대곤 했지요. 뭐가 그리도 우스운지 친구와 전 데굴데굴 굴러가며 웃기도 했어요. 지금 우리의 아이들은 어떤가요? 수많은 게임과 동네마다 자리한 극장들이 즐비한데도, 표정은 어둡고 지쳐 보이기만 합니다. 얼마나 많은 짐을 아이들에게 지게 했기에, 아이들이 욕설로 배설을 하고 어른들에게 적개심을 가지는 걸까요? 학교마다 상담실을 운영하고 있지만, 아이들은 점점 외로워져만 가는 것 같아요. 문명의 발달을 탓할 수는 없지요. 진보하되, 더불어 살아가는 세상을 보여주는 것이 어른들이 몫이라는 걸, 기억하세요.

어항 속의 나

문제아는 없습니다. 문제어른만 있을 뿐이지요. 부모는 아이를 자꾸만 고치고 바꾸려 합니다. 본인도 만족하지 못하는 본인의 모습으로 만들어가지요. 고쳐지지 않는 고질적인 사회적인 문제들이 여기에서 양산되기도 하지요. 오히려 자녀를 닮아가는 부모의 모습이 세상을 더 맑게 만들어가는 일입니다.

옆집에서 다투는 소음이 벽을 뚫고 물음표가 되어 부초처럼 떠다니는 환영으로 허공을 둥둥 떠다닙니다. 간간이 들리는 아이의 울음소리와 함께 말이지요.

제가 열일곱 살 때였습니다. 무슨 일이었는지는 기억나지 않지만, 부모님이 심하게 다툰 다음 날, 저는 그동안 모은 저금통을 털어 어머니에게 어항을 생신선물로 사 드리기로 결심했지요. 왜 어항을 생각했는지 아직도 의문입니다. 아마도 감성이 남다른 어머니에게 형형색색의 금붕어가 찌든 삶에 큰 위로가 될 수 있을 것 같다고 생각한 것 같아요.

그날, 차비가 없어서 꽤 먼 거리를 걸어서 친구와 함께 무거운 어항을 들고 집에 갔던 날이 생각납니다. 금붕어를 어항에 풀어놓았을 때 환한 웃음을 짓던 어머니를 잊을 수가 없습니다.

수십 년 전의 그 길을 얼마 전 차를 타고 지나가다가 문득 생각이 나서 부모님 댁에 들렀습니다. 거실 한 귀퉁이에는 물기 하나 없는 어항이 놓여 있었고, 어항보다 더 오래된 저의 어릴 적 장난감들이 가득 담겨 있었지요. 어머니는 어항 속에서 헤엄치는 어린 날의 저를 그리워하며 하루하루를 보내고 계셨나 봅니다.

어른들의 갈등은 어른들이 풀어야겠지만, 그 와중에 아이들의 별것 아닌 몸짓에도 큰 위로를 받기도 하지요. 아이들이 가진 순수와 감성을 지켜주는 일, 세상을 평화롭고 행복하게 만들어 가는 일입니다.

실패를 모르는 그대에게

그대, 한 번도 좌절해보지 못한 것을 자랑하지 마세요. 그런 이유로, 그대는 좌절하는 이들을 위로하기 힘들 것이며, 그로 인한 첫 좌절을 어떻게든 경험하게 될 것입니다. 악담을 하는 것이 아닙니다. 그대의 편안하고 유복한 삶으로 인해서, 다른 이의 아픔을 가벼이 여기는 것이 못마땅할 뿐입니다.

좌절은 누구도 원하지 않습니다. 어느 누가 좌절하고 싶어서 좌절할까요? 힘들어하는 사람에게 '왜 그랬어? 열심히 살았어야지.'라고 말하지 마세요. 세상 어느 누구도 열심히 살아가지 않는 사람은 없습니다. 그러니 제발 고생 한번 해 보지 않았음을 자랑하지 마세요. 부잣집 자녀로 태어난 것이 부끄러운 일은 아니지만, 자랑으로 여기지는 말아 주세요. 그대의 노력이나 그대의 능력과는 무관한 유리성보다 제힘으로 써 내려간 시 한 편이 더욱더 소중하고 아름다운 일이니까요. 왜 고생을 사서 하냐고도 하지 마세요.

고생을 사는 사람보다 파는 이가 더 많은 세상입니다. 자신이 해야 할 고생을 누군가 대신하게 하는 일을 우린 '부당한 일'이라고 하지요. 그대의 아랫목이 따스한 것은 누군가 매운 연기를 마시며 군불을 때고 있기 때문임을 잊지 마세요.

당신이 가진 소중한 것들을 오랫동안 지킬 수 있는 길은 한 가지뿐이랍니다. 베풀고 나누는 일이 그것이지요. 나누고도 충분한 당신은 따뜻한 겨울과 시원한 여름을 보낼 수 있다는 것을 잘 알고 있습니다.

혹시 버스를 타 보신 적이 있는지 물어봅니다. 여러 사람이 타고 있는 버스에는 서 있는 사람과 앉아 있는 사람이 공존합니다. 그 공간에서 노약자에게 자리를 양보하는 마음과 자리가 생기면 주위의 시선에 아랑곳하지 않고 사람들을 밀치면서 그 자리를 차지하는 마음도 공존하지요. 보편적인 마음은 앉아 있는 사람이 서 있는 사람의 가방을 받아주어 무게를 덜어주는 일이지요. 당신은 늘 앉아서 여기까지 왔지요. 그렇다면 무거운 짐을 덜어주는 일이 당신이 해야 할 일입니다. 당신이 좌절했을 때 그들도 그리할 것이 분명하니까요.

나눔 봉사

"김장김치 나눔 봉사요?" 대답하기도 전에 담당자는 "그럼, 그날 뵐게요."하고 먼저 전화를 끊어 버리더군요. 청탁받은 원고 마감일도 얼마 남아있지 않아서 내심 망설였지만, 정기적으로 봉사를 하시는 분들을 생각하며, 당일 행사장으로 향했지요. "왜 이렇게 늦었어요? 해 떨어지겠네. 자! 고무장갑 껴요!" 당황스러웠습니다. 처음 보는 아주머니에게 행사장 입구에서 혼이 나고, 멀뚱하게 바라보는 제게 뭘 보냐는 식으로 커다란 플라스틱 용기들이 가득 놓인 곳을 손가락으로 가리켰습니다. 전 말 한마디 못하고 그곳으로 걸어갔지요.

"저기 민하엄마, 멀뚱하게 서 있지 말고, 저쪽으로 옮겨요." 분주하게 이곳저곳을 다니면서 진두지휘를 하는 그 아주머니의 모습에 슬그머니 울화가 치밀었습니다. '봉사하러 온 건데, 너무 일꾼 부리듯 막 하시네'라는 생각이 들었거든요. 순간 이상한 점을 발견했어요. 저렇게 거칠게 말씀을 하시는데, 그곳에 계신 분들 중에서 누구 하나 불편한 기색이 없다는 것을요. 배추에 소금을 치는 분, 양념을 치대고 계시는 분들이 오히려 미소를 짓고 있었습니다. 그 사이사이로 그 아주머니의 유독 큰 목소리가 양념처럼 배여 들었지요.

제가 불편해하는 기색을 눈치챈 것일까요? 담당자가 슬쩍 저에게 다가왔습니다. "선생님, 그래도 저분이 아니면 일이 안돼요. 제시간에 마칠 수 있는 것도 저분의 공이 커요. 20년이 넘게 봉사활동을 해온 분인데, 뇌종양 수술한 후로 얼마 못사실 거라면서 다들 각오하라고 하던 걸요." 하며 씁쓸하게 웃었습니다.

행사가 끝날쯤에야 또 한 가지 사실을 알게 되었습니다. 이미 3시간 전에, 그분 혼자 먼저 나와서 '봉사'를 시작하고 있었다는 것을 말이지요. 담당자와 저의 등 뒤로 또 고함소리가 들렸습니다.

"뭐해요? 남자들끼리 노닥거릴 시간이 있나 보네. 바구니 이쪽으로 가져와요!"

반사적으로 저는 어느새 커다란 김장 바구니를 들고 웃으며 그녀에게 달려가고 있었습니다.

비밀을 이야기할 때

'비밀' 이야기를 합니다. '당신'만의 비밀을 '그'에게 이야기합니다. 그는 누구보다 당신을 잘 이해해 주었고, 그래서 그에게 의지하게 되었지요. 하지만 그는 당신의 비밀을 '그녀'에게 이야기했고, 그녀는 당신에게 '정말 그랬냐.'고 물어봅니다. '그' 때문에 속이 상하다고 '또 다른 그'에게 하소연했더니, 당신에게 '누구도 믿지 말고 너 자신을 믿어.'라고 말해 주었습니다. 대신 '또 다른 그'는 당신에게 그와 나눈 이야기는 '절대 비밀'이라고 합니다.

세상에 믿을 사람 하나 없다고 말해주었던 그가, 본인만을 믿으라고 이야기합니다. 모순이지요. 비밀을 처음 말한 '그'보다, 전해준 '그녀'보다 '또 다른 그'가 더 미워져서 또 돌아서고 맙니다. 비밀을 많이 만들지 마세요. 새로운 비밀이 하나씩 만들어질 때마다, 처음에는 둘만이 영원히 간직할 설렘으로 두근거리기도 하겠지만, 그때뿐입니다.

시간이 지날수록 곤혹스러워질 수도 있을 것이며, 더 심한 경우에는 당신 혼자만의 불명예까지 감수해야 하니까요. 비밀은 애초에 믿어서도 안 될 일이며, 진실을 가리기 위한 방편에 지나지 않습니다. 혼자 간직하기도 벅찬 비밀을 둘 이상이 감당할 리는 만무하지요. 무엇보다도 변질되기도 쉬워서, 충치처럼 소문에 기생하는 사람들로 인해서, 결국 아픈 기억으로 남는 경우가 더 많답니다.

비밀을 자꾸 만들지 마세요. 세상에 수많은 비밀들이 무덤까지 걸어 들어가 사라져 버리기도 하지만 그 무덤의 수만큼 많은 진실들이 하나씩 드러나기도 하니까요. 그래도 '비밀'이 꼭 필요한 당신이라면 그 누구에게도 '비밀'이라고 말하지 마세요.

작가 최고은

'며칠째 식사를 하지 못하고 있어요. 남는 밥과 김치가 있으면, 문을 두드려주세요'라는 쪽지를 남기고, 결국 아무것도 먹지 못한 채, 떠나버린 그녀의 이름은 故 최고은 작가입니다. 생전에 영화 〈격정소나타〉를 통해 문학적인 재능을 인정받았음에도 그녀는 그렇게 허무하게 떠나고 말았습니다.

요즘 세상에 굶어 죽다니요. 이게 있을 수 있는 일인가요? 숫기가 없어서, 남들에게 부탁도 못하는 성격이 비극을 불러온 것이지요. 소름 끼치는 일입니다. 숨을 거두는 순간까지 아무도 방문을 두드려주지 못했습니다. 조금만 일찍 이름을 불러주었다면, 누군가 약간의 먹을 것만 건넬 수 있었더라면, 일어나지 않았을 일이었지요. 모두 너무 늦어 버린 거지요. 그녀가 떠난 것이 아니라, 우리가 떠나보낸 것인지도 몰라서 자꾸 눈물이 납니다.

여러분의 내일은 어떤 날인가요? 다가올까 봐 두려운 날인가요? 아니면 어서 오기만을 기다리는 설레는 날인가요? 내일은 삶의 시작이고 끝일뿐 아니라, 뭔가를 기억하고 되새김질해야 할 날입니다. 이 순간에도 외로움에 지친 한 사람이 우리와 그리 멀지 않은 곳에서, 삶을 포기하려 할지도 모릅니다. 우린 그 사람을 찾아내서 희망을 건네주어야 합니다. 내가 힘들었을 때 누군가 그리해 주었듯이 말이지요.

사람들은 흔히 '죽을 용기로 살아가라.'고 쉽게들 이야기합니다. 스스로 목숨을 끊으려고 하는 것은 용기가 아닙니다. 살아갈 용기가 없는 것이지요. 적어도 생계를 비관하는 죽음만큼은 무슨 수를 써서라도 막아야 합니다. 먹거리와 입을거리가 넘쳐나는 세상에서 이런 죽음은 우리 모두가 공범이니까요.

적반하장(賊反荷杖)

사과를 하는데, 받아들이지 않는다고, 되려 화를 내본 적이 있지요? 처음에는 해명을 하고, 나중에는 구차하게 설명을 하고, 급기야 설득까지 하려는 사람이 되어선 곤란합니다. 사과를 하다 보면 어느 순간부터, 실수한 부분을 합리화하고 있는 자신의 모습을 보게 됩니다. 그래서는 안 되지요.

용서는 받아들이는 자의 선택이지, 의무는 아닙니다. 때로는 용서가 되지 않는 이유가 있기 때문에 더더욱 그러합니다. 그만큼 당신이 잘못한 부분이 큰 탓이니, 용서를 구할 때는, 주위의 사람들이 사과하라고 해서 하지 말고, 먼저 본인 스스로가 사과할 일인지 아닌지를 돌아보는 일이 중요합니다.

주위의 사람들과 불편한 관계를 만들지 마세요. 그들이 피하건 내가 피하건, 불편하다는 것은, 서로가 편하지 않다는 이야기니까요. 어쩌면 적을 만들 필요가 없다는 것과 일맥상통하는 얘기도 되겠네요. 세상을 살아가는데 내 편이 필요할 때가 있게 마련이거든요. 한 사람의 적이 백 명, 천 명의 적을 만들기는 참 쉬운 일이거든요. 그렇다고 비위를 맞추라는 의미가 아니라, 외골수로 조금의 협의도 없이 내 주장만 펴는 것만이 옳은 일은 아니라는 이야기입니다. 그러다 보면 사람들의 반감을 사게 되지요. 안타깝지만, 당신을 향한 마녀사냥이 여기에서 비롯될 수도 있는 일이니까요.

소문이 소문을 낳고 그러다 보면 어느새 눈덩이처럼 불어납니다. 사과를 할 때는 진심을 담아서 최선을 다해야 합니다. 용서가 늦어진다고 해서 도리어 화를 내는 어리석은 모습을 보이면 안 될 일입니다. 사소한 일로 인해서 소중한 당신을 두 번 다시 잃고 싶지는 않으니까요.

앞서가는 그대에게

어떤 분야에서건 선두에 선 사람들은 언제나 '이 길이 바른길'인지 생각해야 합니다. 영국에서 열린 한 마라톤 대회에서 1위를 제외한 나머지 5천 명의 참가자가 실격하는 사태가 벌어졌지요. 1위를 달리던 선수와 2위는 격차가 이미 많이 벌어져 있었지요. 2위가 코스를 벗어나서 엉뚱한 길로 달리기 시작했고, 나머지 사람들도 모두 그를 따라가서 생긴 일이랍니다. 이렇게 말도 안 되는 일이 벌어진 것은 주최 측의 준비가 미흡한 탓도 있겠지만, 아무 생각 없이 무작정 2위를 따라간 참가자들의 잘못이 더 크지요. 2위의 잘못된 선택이 수많은 사람들을 잘못된 길로 이끌었다는 사실은 승패에 상관없이 많은 의미를 시사해주고 있습니다.

바른길은 '주관'입니다. 신념이기도 하지요. 경기 전에 미리 코스를 점검해야 하는 것은 기본인데, 그 기본을 잊어버리면 이렇듯 '집단 이탈'이 되어 버리기도 합니다. 오늘 우리가 걸어가는 이 길이 수많은 사람들에게 영향을 줄 수 있음을 기억해야겠습니다.

좁은 길을 혼자서 걸어가면 외롭지 않습니다. 넓은 길일수록 외롭고 힘이 드는 것은, 인간이 사회적 동물이기 때문이지요. 마치 혼자 식사를 할 때는 라면 하나면 충분한 것과 같습니다. 많은 음식을 차려 두고 덩그렇게 혼자 식사를 할 때면, 외로움이 맞은편에 앉게 될 테니까요. 외롭지 않으려면, 좁은 길을 걸어가야 한다는 의미가 아닙니다. 좁은 길은 외롭지 않지만, 그만큼 힘이 드니까요. 넓고 바른 길을 다 같이 걸어가자는 이야기랍니다. 어차피 혼자 살아갈 수 없는 길이라면, 어깨를 마주하고 서로 이야기도 주고받으면서 사이좋게 걸어갔으면 하는 바람입니다. 희망은 넓은 길처럼 넓으면 넓을수록 더 커지는 법이니까요.

나중의 시간

억울한가요? 너무 분해서 목덜미가 뜨거워지고, 갈증이 나는가요? 진정, 서 있기조차 힘이 드는가요?

분노가 불구의 욕창처럼 곪아 터진다 해도, 스스로에게 물어보세요. 과연 당신 자신이 그럴 자격이나 있는지 말입니다. 대부분의 분노는 테니스 경기를 할 때처럼, 상대가 날리는 공의 세기만큼 당신이 받아들일 수밖에 없습니다. 물론 당신이 넘기는 분노의 세기만큼 네트 너머로 날아가지요. 분노를 넘길 경우 다시 생각해 보아야 합니다. 당신의 분노가 정당한 것인지 어떤지를 말이지요.

'오는 말이 고와야 가는 말도 곱다'는 속담도 있지요. 당신이 먼저 분노한 적은 없었는지도 곱씹어 보아야 합니다. 절망스러울 때 우리는 '나중에 언젠가는'의 말로 위로를 받거나, 희망을 가지기도 합니다. 반면에 '두고 봐! 언젠가는!' 따위로 저주를 퍼붓기도 하지요.

할 말은 지금 해야 합니다. 불필요한 많은 시간을 줄일 수 있을 테니까요. 사소한 오해들은 더 큰 오해를 낳기도 하니까요. 그냥 지나갈 수도 있는 문제들로 소중한 사람을 잃어버릴 수는 없는 일이지요. 특히 남에게 전해 들은 이야기들로 다투는 일은 없어야 합니다. 어떤 이야기든 당사자에게 직접 들어보면, 전혀 다른 이야기를 들을 수도 있답니다. 우리는 모두 불완전하니까요.

풍경소리

'댕그랑 댕그랑' 풍경소리가 듣기 좋은 아침입니다. 동판으로 만든 잉어가 빙그르르 돌아가며 가을바람을 반갑게 맞이하는 소리입니다. 바람은 경내를 한 바퀴 휘돌며 낙엽들에게 인사를 건네더니, 잊지 않고 처마 끝 풍경에게도 인사를 건넵니다. 우리도 새로운 인연을 만날 때마다 이렇게 맑고 투명한 소리를 낼 수 있었으면 좋겠어요. 혹시 내게 해를 끼칠까, 내 것을 빼앗을까 노심초사하며 경계할 것이 아니라 반갑게 맞이하는 소리 말이에요.

법당 안에서 스님 한 분이 불경을 외고 있었지요. 언제 들어도 참 듣기 좋은 소리입니다. 마치 성당에서 그레고리안 성가를 듣는 것처럼, 맑고 경건한 그 소리를 들으면서 문득 궁금해졌어요. 한 자리에 저리도 오래 가부좌를 틀고 앉아 있으면 다리에 쥐가 나지 않는지, 혼자 저러고 있으면 졸리지는 않는지 말입니다. 스님에게 꼭 물어보리라 다짐했지요, 하지만 스님이 먼저 '그동안 편안하셨는지요. 불자도 아닌데, 간혹 찾아오시니 더 반가울 수밖에요'라고 인사를 건네는 바람에 매번 잊어버리고 돌아오지요. 그럴 때마다 궁금했던 사심이 거짓말처럼 사라져 버리니까요.

가끔 산행을 합니다. 누구나 산길을 오르며 정상을 꿈꾸지요. 마침내 정상에 올랐을 때, 말로 형언할 수 없는 감동을 느낄 수 있으니까요. 언제부턴가 정상에서 '야호'하고 소리치지 않는답니다. 산에서 야생하는 생명들이 놀랠까 봐요. 좋은 생각인 것 같아요. 정상에 머무르는 시간은 길지 않아요. 시간이 흐르고 나면, 산을 오를 때 만났던 사소한 들꽃들이 정상에 오르는 힘이었다는 것을 비로소 깨닫게 되지요. 조그만 산길을 오르다 보면 다람쥐도 만날 수 있고, 가끔이지만 노루를 만날 때도 있습니다. 그리고 이름을 알지 못하는 새들의 날갯짓도 들을 수 있지요.

약수터에는 인근 어르신들이 물통을 들고 줄을 서 계십니다. 중턱에는 조그만 공터가 있는데, 그곳에서 줄넘기를 하는 분, 나무를 탁탁 치며 운동하는 분, 배드민턴을 즐기는 가족들의 모습도 볼 수 있습니다. 우리 동네 휴일 아침의 모습입니다. 사람들이 주고받는 목소리들도 새소리처럼 맑게 들리지요. 그곳을 지나 조금 더 올라가다 보면 돌탑들이 여럿 보입니다.

사람들의 마음을 하나하나 쌓아올린 돌탑들이 얼마 전 지나간 강한 태풍에도 용케 견뎌냈나 봅니다. 철근이나 시멘트로 고정을 잡은 것도 아닌 아주 조그만 돌들을 쌓아올린 탑이 거친 비바람을 어떻게 견뎌냈을까요. 아마도 돌과 돌 사이의 틈, 바람이 지나갈 수 있는 길을 열어 두었기 때문이 아닌가 싶어요.

길이 없는 야산도 사람들이 지나가면 길이 되듯이, 바람도 제 갈 길이 없었다면 아마 상처를 내고 말았을 테니까요. 돌탑에 있는 숨

구멍들이 거친 바람에게도 지나가는 길이 되었음이 분명합니다. 당신의 행복을 기원하는 조그만 돌 하나를 돌탑 위에 올려두고 지나갑니다. 당신의 소망이 지금도 그곳 어디에서 숨 쉬고 있을 거예요.

건성건성

습관처럼 건성으로 대답하는 사람들이 있습니다. 상대가 어떤 이야기를 해도 '네, 네' 하고 연이어 건성으로 대답하곤, 나중에 '아까 뭐라고 하셨죠?' 하고 다시 되묻곤 합니다. 그럼 상대방은 알게 되지요. 이 사람과 더 대화할 가치가 없다는 것을 말입니다. 이미 대답이 버릇이 되어 버린 사람들은 사랑하는 사람의 이야기조차 건성으로 듣게 됩니다.

사람들과 대화를 하다가 어떤 것이 더 중요한 이야기인지 모를 때에는, 모든 이야기를 중요하다고 생각하고 들으면 됩니다. 모든 이야기를 다 놓치는 것보다는 나으니까요. 건성건성 행동하는 사람들도 마찬가지입니다. 습관처럼 되묻는 것은 고쳐야 할 버릇입니다. 이미 알고 있는 이야기를 다시 되묻는 것도, 말하는 사람에 대한 예의가 아니지요. 이야기가 길어지면 논제를 벗어나는 경우가 많습니다. 그럴 경우에는 시간이 지날수록 주의력이 산만해지기도 합니다. 대화에서 약간의 긴장감은 서로에게 도움이 됩니다.

눈에서 멀어지면

눈에서 멀어지면 마음에서도 멀어진다고 합니다. 경우에 따라서 그럴 수도, 아닐 수도 있는 말입니다. 함께 하고 싶지만, 어쩔 수 없이 멀어져야 하는 경우라면 눈에서 멀어질수록 마음은 더 가까워집니다. 더 애절하고 간절한 마음이 드니까요. 그것이 사랑이지요. 하지만 마음이 먼저 멀어지고 있는데, 눈에서조차 멀어진다면 그 마음은 아주 멀어지고 말겠지요. 아마도 눈에서 멀어지면 마음에서도 멀어진다고 이야기하는 사람은 훨씬 오래전부터 마음이 점점 멀어지고 있었다는 것을 깨닫지 못했던 것 같아요. 그러니까 눈에 안 보인다고 해서 딱히 그립지도 않습니다. 그것은 사랑도 아니고 우정도 아닌, 그야말로 아무것도 아닌 마음이지요.

친구가 멀리 떠나게 되면, 시간이 지날수록 더 그리워집니다. 사랑하는 사람이라면 말할 것도 없지요. 잠시만 떨어져 있어도 참을 수 없어서 전화를 하고 문자를 보내곤 하지요. 마음에서 멀어지면 눈에서도 멀어지는 것은 옳은 표현입니다. 눈에서 멀어지면 마음이 더 다가서곤 합니다. 그것이 사랑이고 우정이니까요. 눈에 보이고 안 보이고의 문제가 아닙니다. 서로를 생각하는 마음은 믿음입니다.

사랑하는 사람은 믿음이 약해지는 순간부터 더 이상 사랑이 아니라고 볼 수도 있지요. 사랑한다면 그 사람이 어디에 있건 그 사랑을 그리워하게 마련이지요. 맛있는 음식을 먹어도 생각이 나고, 좋은 영화를 봐도 생각이 납니다. 그 사람과 함께 꼭 다시 먹어보고 싶고, 봤던 영화라도 함께 다시 보고 싶어 하는 마음, 그것이 사랑이지요. 멋진 풍경 앞에서도 그 사람이 생각나지 않는다면, 당신은 그 사람을 사랑하는 것이 아닙니다.

혹시 사랑하는 그가 좋은 곳에서 친구들과 있다고 당신에게 전화를 걸어왔다면 당신은 그에게 '사랑한다.'고 잊지 말고 말해주어야 합니다. 그 사람은 그곳에서 당신이 생각나서 전화를 한 거니까요. 사랑과 재채기는 숨길 수 없다고 했습니다. 좋아하는 사람이 생기면 어느 순간부터 나도 모르게 그 사람 이야기를 자꾸 하게 됩니다. 그러니까 주위에서 "혹시 그 사람 좋아해?"라는 질문을 자주 받게 되지요. 당신이 아무리 아니라고 손사래를 쳐도 이미 당신의 사랑은 시작되었을지도 모르겠습니다. 당신도 모르는 사이에 말이지요.

사랑은 눈에 보이지 않아도 마음으로 먼저 젖어들게 하는 묘한 마력을 가지고 있거든요. 눈에 보이건 안 보이건 말이지요. 사랑하는 사람에게 사랑한다고 하는 것은 잘못된 말이 아닙니다. 꼭 해야 할 말이지요. 흔히 드라마를 보면, 자신의 마음을 들키고 나서도 처음에는 아니라고 부정하는 경우를 많이 봅니다. 사랑하는 마음은 부끄러운 마음이 아닙니다. 설레는 마음이지요.

다가온 사랑을 외면하지 마세요. 다가갈 사랑을 두려워하지 마세요. 이미 사랑이 시작되었다면 믿어야 합니다. 믿게 해 주어야 합니다. 믿지 않으면 사랑은 늘 외줄타기처럼 위태롭습니다. 눈에서 멀어지는 것보다 마음에서 멀어지는 것을 두려워해야 합니다.

진실한 사랑이라면 두려울 것도 없습니다. 뭔가 숨기려 하는 것들이 많아질수록 두려울 일도 많아지지요. 진실을 가리고 거짓만으로 세상을 살아가는 사람들도 있습니다. 그들이 사랑을 하는 것은 불가능합니다. 오랜 시간을 그리 보내다 보면, 어느덧 거짓 또한 진실로 믿어 버리게 되니까요. 거짓이기 때문에 숨기려고 하고, 나의 약한 모습을 두꺼운 가식의 옷으로 가리려고 하지요. 하지만 잊지 마세요. 그럴수록 당신은 점점 더 외로워진다는 것을요.

진실은 언제나 당당합니다. 당신이 어느 곳을 가더라도 등불이 되어줄 것은 오직 진실입니다. 사랑하는 이를 두고 먼 길 떠나는 당신에게 꼭 해주고 싶은 이야기랍니다.

2

—

엄마, 언제 와

네모의 꿈

초등학교에 입학하면 장래희망을 적어서 내라고 하지요. 예전엔 남학생의 절반이 '대통령'을 적어냈습니다. 다음으로 판사와 의사가 그 뒤를 이었지요. 대통령의 절대적인 권력은 어린아이들 눈에도 범상치 않아 보였나 봅니다. 네모난 칸에 장래희망을 적어내는 순간부터 아이들의 꿈이 갇혀버린 것은 아닐까 하는 생각이 들어요. 어릴 적 꿈이 화석처럼 굳어 버리면 의욕만 상실될까 걱정입니다.

꿈은 어딘가에 갇히면 더 이상 용암처럼 뜨겁게 끓어오를 수도 없으며, 솟구치지 못할 꿈이 되어 버리기도 합니다. 어른들이 아이들에게 꿈을 물어보았기 때문이라는 억지가 신념이 되기도 합니다.

아이들이 다양한 꿈을 꾸기 위해서는 다양한 것들을 충분히 보고 느낄 수 있는 시간이 필요합니다. 이제 갓 한글을 익힌 아이들에게 장래희망이라니요? 그러니 남학생은 대통령, 여학생은 선생님이라는 천편일률적인 답안이 나올 수밖에요. 적어도 아이들에게 많은 것들을 보여주고 경험하게 해주고 나서 '무엇을 하고 싶은지'를 물어보는 것이 아이들에 대한 예의지요. 꿈은 단지 이루는 것이 아니라 잊지 말아야 하는 거랍니다. 아이들의 꿈은 어른들이 물어보니까 할 수 없이 대답하는 것이 아니라, 스스로 제 꿈을 이야기할 수 있게 해야 합니다. 작은 가슴에 품고 또 품었다가 더 이상 혼자 안고 있기에 무거울 만큼 커졌을 때, 이야기를 할 수 있게 말이지요. 그럴 때는 꼭 귀를 기울여 주세요. 당신의 도움이 필요할 때가 되었으니까요.

'아동문학가'라고 적어낸 저는 이단아였습니다. 선생님이 따로 불러서 왜 그렇게 적어냈냐고 물어볼 정도였으니까요. 제 나름대로 분명한 이유가 있었지요. 부모님이 사주신 위인전집을 너무 재미있게 읽었는데, 이런 책을 쓰는 사람이 너무 대단하다고 여겼거든요. 그때부터 아동문학가가 꿈이 되었지요. 지금 돌이켜 생각해보면 알게 모르게 그 꿈을 잊지 않고 살아온 것 같아요. 아동을 위한 문학을 하겠다는 꿈을 지금도 꾸고 있는 저는 아직 '꿈꾸는 어른'이랍니다.

우리가 꾸었던 꿈은 절대 잊지 말기로 해요. '인생의 목표'는 오래된 관용구처럼 우리 의식 속에 자리 잡혀 있습니다. 왠지 목표를 세워야 할 것 같고, 그 목표가 없으면 뭔가 불안해지기도 하는 것은 잘못된 관념입니다. 아이가 '나는 이런 사람이 되고 싶어요.'라고 이야기하기 전에 먼저 물어보지 마세요. 자신 있게 대답할 수 있는 아이가 있는 반면에, 머뭇거리는 아이도 있게 마련입니다.

인생에 있어서 뚜렷한 목표가 없다고 해서 인생을 허비하는 것은 아닙니다. 하루하루를 즐겁게 살아가는 일이 목표인 사람도 있습니다. 인생은 목표를 가지는 것이 전부가 아니라, 보람과 희망을 갖는 일이 더 소중한 일입니다. 뚜렷한 목적의식을 가진 사람이 잘못되었다고 이야기하는 것이 아닙니다. 목표를 갖지 않은 사람도 잘못되지 않았다는 이야기를 하고 있는 거랍니다.

여보, 잘 지내지?

오래전에 들은 이야기입니다. 지금도 문득 생각을 해보면 가슴이 먹먹해집니다. 한 사내가 어떤 회사에 경력사원으로 입사를 했습니다. 직원 수가 많지 않아서 가족처럼 지내는 소박하고 조그만 회사였지요. 그러다 보니 직원들의 가정사는 물론이고 주변 사람들 이야기까지 서로 알만큼 친하게 지냈지요. 갓 입사한 사내는 도무지 그런 것들이 마음에 들지 않아 보였습니다. 직원들은 그가 대기업에서 근무하다가 작은 회사로 와서 마음이 불편한 건가 여겼지요.

"김 대리님, 우리 점심 먹으러 갈 건데, 같이 가요."

"괜찮아요. 저는 혼자 먹는 게 편해서요."

점점 직원들과 그는 사이가 멀어져만 갔지요. 대화를 나누다가도 그가 나타나면 모두 입을 다물어 버렸지요. 그러던 어느 날, 급하게 출장을 가야 할 일이 생겼습니다. 직원들은 내심 그가 출장을 가게 되어 기뻐했지요. 그가 있으면 사무실 분위기가 경직되어 마음이 불편했으니까요.

그날따라 폭우가 쏟아져 한 치 앞도 보이지 않는다고, 외근을 다녀온 직원이 투덜대며 사무실로 들어섰습니다. 그때였습니다. 고속도로에서 30대 중반의 남자가 빗길에 차가 미끄러져 그 자리에서 사망하였다는 뉴스가 TV 화면에 비쳤습니다. 곧이어 사무실로 걸려온 전화 한 통은 그의 죽음을 알리는 비보였지요.

사장님이 하얗게 질린 얼굴로 힘없이 말했습니다.

"아! 그 친구 몇 년 전에 교통사고로 아내와 아이를 잃고, 다니던 회사도 관두고 폐인처럼 지낸다기에, 다시 마음을 추스르고 함께 일을 하자고 내가 불렀는데………….”

며칠이 지난 뒤, 그의 책상을 정리하던 동료들은 모두 울음을 터뜨렸습니다. 그의 책상 서랍 안에서 가족사진이 한 장 나왔는데, 뒷면에 이렇게 적혀 있었지요.

"여보, 아이들이랑 하늘 여행 잘 다니고 있지? 난 잘 지내. 같이 일하는 분들이 다들 너무 착하고 내게 친절하게 대해줘. 아직 내가 많이 아픈가 봐. 그 좋은 사람들에게 말을 못 붙이겠네. 그래도 잘 해볼게."

괜찮아

2018 러시아 월드컵에서 대한민국 축구대표팀은 16강 진출을 목표로 출전했지요. 하지만 조별리그에서 스웨덴, 멕시코에 연패를 당하고, 예선탈락은 이미 기정사실화 되어 있었지요. 물론 골의 득실을 따져서 멕시코가 스웨덴을 이겨주고, 우리가 남은 독일과의 경기에서 이긴다면 가능성이 없는 것은 아니었지만, 그것은 기적에 가까웠지요.

독일은 몇 번이나 월드컵에서 우승을 한 FIFA랭킹 1위의 축구 강국이었으니까요. 그들과의 경기는 다윗과 골리앗의 전투와 다름이 없었습니다. 경기가 시작되자, 예상대로 독일은 체계적인 공격을 시작으로 우리의 골문을 위협하는 횟수가 잦았지요. 그런데 놀랍게도 대한민국 선수들도 이에 못지않은 기량을 보여주고 있었습니다. 그들이 숙련된 기술로 한발씩 내딛을 때, 우리 선수들은 오직 정신력으로 열 걸음을 달렸습니다. 이를 지켜보는 내내 가슴이 먹먹해졌지요.

우리 선수들은 죽을힘을 다해서 달리고 있었습니다. 상대선수에게 발로 차이고, 쓰러지면서도 벌떡 일어나서 달리고 또 달렸지요. 후반전에서 김영권과 손흥민이 각각 1골을 기록하면서 1%의 기적이 일어났지요. 월드컵에서 독일을 탈락시킨 대한민국 선수들의 저력은 말로 설명할 수 있는 것이 아니었습니다. 혹자는 독일의 자만심이 크게 작용해서 열심히 뛰지 않았다고 평가를 했지만, 결코 그렇지 않았습니다. 상황을 봐도 그렇습니다. 독일은 대한민국을 이기면 조별리그를 통과할 수 있었고, 우린 이긴다고 해도 가능성이 희박했으니, 오히려 독일이 더욱 필사적으로 이겨야 할 이유가 있는 셈이지요. 그러니 독일 선수들은 최선을 다할 수밖에 없었다는 것이 바른 해석이겠지요. 우리 선수들이 그리도 열심히 선방을 하고 있던 사이에 비보가 전해졌습니다. 멕시코가 스웨덴에 패한 것이지요. 16강 진입이 실패하는 순간이기도 했지요.

1%의 기적을 이루고도 눈물을 감추지 못하는 선수들을 향해서 관중석에서 누군가 "괜찮아"라고 먼저 외치자, 이곳저곳에서 "괜찮아! 괜찮아!"라고 응원과 격려의 함성소리가 울려 퍼지기 시작했습니다. 그날 대한민국의 선수와 국민들은 우승보다 값진 것을 깨달을 수 있었지요. 우리가 마음을 모으면 어떤 힘든 상황이 오더라도 '괜찮다'는 것을 알게 되었으니까요.

남극과 북극

혹시 남극과 북극의 차이를 아시나요? 남극은 한반도 면적의 60배에 이르는 대륙, 즉 땅입니다. 북극은 이에 반해 바다지요. 남극은 대륙에 오랜 세월 눈이 쌓이고 압력으로 형성된 동토인 반면, 북극은 바다가 얼어 있는 곳이지요. 그래요. 북극은 곰이 살고, 남극에는 펭귄이 살고 있지요. 이렇듯 현격하게 차이가 나는데도 우리는 남극과 북극을 '그곳이 그곳'이라는 고정관념을 가지고 있지요.

어느 곳이 더 추울까요? 당연히 남극입니다. 북극은 바다의 일부가 녹아 햇빛을 받아들이지만, 남극은 반사를 시켜 버리니까요. 땅이건 바다건 지구온난화로 녹아내리고 있다고 합니다. 빙산이 녹아내리면, 지구별에 거주하는 우리 모두에게 위협이 될 수도 있다고 전문가들은 경고를 합니다. 차갑게 보이는 사람과 차가운 사람은 다릅니다. 차갑게 보이는 사람은 언제든 말을 건네면, 따스하게 녹아내릴 수도 있지만, 차가운 사람은 견고하게 마음의 문을 닫고 있어서 손을 내밀어도 잡을 줄 모르는 사람입니다. 하지만 이 두 사람 모두 우리가 먼저 다가서지 않으면, 둘 다 빙산처럼 차가운 사람으로만 남겨지겠지요.

차가워 보이는 사람도, 차가운 사람도 우리가 내민 손을 잡으면 따스한 온기가 전해진다는 것을 믿어야 합니다. 어쩌면 당신의 '첫인사'를 오랫동안 기다리고 있을지도 모릅니다. 남극과 북극 대신 우리들의 차가운 마음들이 먼저 녹아내렸으면 좋겠습니다.

다지선다형(多枝選多型)

객관식 시험은 아주 사라져 버렸으면 좋겠습니다. 학생들에게 편협한 사고를 키우는데 일조한 것이 바로 객관식입니다. 다양한 정답의 가능성을 열어두어야 합니다.

부산의 모든 초등학교에서 객관식 시험을 폐지키로 했다는 반가운 소식을 접했습니다. 그동안 얼마나 달콤하고 근접한 꼬드김이 네다섯 가지에 담겨 있었던가요. 객관적인 평가와 전산채점을 위한 편리함, 그 이면에는 사고력을 마비시키는 치명적인 부작용도 있지 않았을까요?

제가 초등학교 다닐 때 매번 속아서 혼났던 기억이 납니다. "ㅇㅇ가 '아닌 것은'이었잖아? ~하지 않는 것은! 이게 안 보인단 말이가? 니는 맨날 1번이고?" 제겐 '~이 아닌 것은'이 잘 보이지 않았습니다. 혼내 놓고 어린 저를 안아주던 선생님의 품이 그립습니다. 당신은 혼잣말처럼 중얼거렸지요. "잘 속는 니가 뭔 죄고? 속이는 우리가 죄지. 감추는 건 대체로 1번에 잘 안 감춘다고! 참이건 거짓이건"

엄마, 언제 와

유치원에 방문할 기회가 있었지요. 여기저기 분주하게 뛰어다니는 아이들이 모두 마치고 집으로 돌아갔지요. 그런데 그곳에 한 아이가 남아 있었습니다. 언제부터였는지 모르겠지만, 한쪽 구석에 쪼그리고 앉아서 뭔가에 몰두하고 있었지요. 뭘 하고 있나 하고 다가가서 조그만 아이의 어깨너머로 보니 그림을 그리고 있었습니다. 아이가 놀랄까 봐 조금 더 지켜보기로 했지요.

얼마나 시간이 지났을까요? 한참이 지난 후에 아이에게 말을 건넸는데 놀라는 기색도 없습니다. "뭘 그리고 있니?"라고 물어봤더니 "몰라요" 라고 퉁명스럽게 대답을 합니다. 그리고 다시 색연필로 열심히 그림을 그립니다. 사람의 얼굴을 그리는 것 같긴 한데, 한 번 더 물어보면 짜증을 낼 것 같아서 그냥 그림이 완성될 때까지 기다려보았지요.

도화지에는 알 수 없는 크고 작은 얼굴들로 가득 채워져 가는데, 아이는 멈출 기미가 보이지 않습니다. 점점 궁금해지기 시작했습니다. 도대체 누구를 그리고 있는 걸까? 선생님을 그리고 있을까? 엄마? 아빠? 그림만으로는 남자인지 여자인지조차 구분이 되지 않았지요. 무엇보다도 아이의 그림은 무엇인가의 형상으로 해석하기 힘든 것이었지요. 선생님에게 여쭤보았더니, "아, 민우요? 부모님이 맞벌이를 하셔서 늘 다른 아이들보다 늦게 데리러 오시지요. 부모님이 모두 장애를 앓고 계셔서 그런지, 행사에도 잘 오지 않으세요. 애가 주눅들까봐…….”라고 하셨지요.

부모님의 마음은 충분히 이해하지만, 그럴수록 아이에게 편견을 심어주지 않으려면 유치원행사에는 빠지지 않고 참석을 하시는 것이 더 좋을 거라고 말씀을 드렸지요. 제가 당사자가 아니어서 쉽게 생각하는 것이 아닐까 하는 염려도 하면서 말입니다. 아빠는 앞을 보지 못하고, 엄마는 말을 할 수 없는 장애를 가졌다고 했지요. 다행히 민우는 그 어떤 장애도 없는 건강한 아이라고도 했습니다. 그런 민우가 앞을 보려 하지 않고, 말을 하려 하지 않는다는 겁니다. 가슴이 너무 아팠습니다.

바로 그때였습니다. 밖에서 엄마가 문을 두드리는 소리가 들렸습니다. 민우는 얼른 그리던 그림을 팽개치고 뛰어나갔습니다. 남겨진 그림을 한참 들여다보았습니다. 온통 입과 눈이 없는 얼굴, 얼굴들뿐이었지요. 자세히 보다가 도화지를 뒤집어보니 뒷면에 이렇게 적혀 있었습니다.

‘엄마, 언제 와?’

어린이날

내일은 어린이날입니다. 하루만이라도 세상 모든 어린이들이 더 이상 행복할 수 없을 만큼 행복했으면 좋겠습니다. 내일 아침에 일어나서 실망하는 아이가 없었으면 좋겠고, 내일만이라도 배고픈 어린이가 없었으면 좋겠습니다. 우는 아이가 없었으면 좋겠고, 그 아이가 잘 자랐으면 좋겠습니다. 아이들은 온 세상의 미래니까요. 우리 아이들이 행복해지는 것은 세상이 행복해지는 길이니까요.

햇살이 따스한 오후입니다. 모처럼 가까운 초등학교 벤치에 앉아서 책을 보고 있었지요.

"아저씨, 거기, 공 좀 차 주세요!"

저만치에서 제법 덩치 큰 녀석이 제게 소리쳤습니다. 공을 찬다고 찼지만, 엉뚱한 방향으로 날아가는 야속한 공을 바라보는 제게 그 녀석이 다시 소리쳤습니다.

"에이! 개발이네."

당돌한 녀석의 말에 내심 서운했지만, 그들에게 번거로움을 안겨 준 죄로, 할 말이 없었습니다.

그나저나 제가 축구공을 차 본 지가 언제였는지 기억이 나지 않더군요. 이건 순전히 제 아들이 저랑 놀아줄 시간이 없었기 때문이라고 위로해 봅니다. 그래도 '개발'은 너무했다. 개가 축구공 차는 것 봤냐?' 소심하게 혼자 중얼거리면서 책을 접고 자리에서 일어났습니다.

아이들의 손에 희망처럼 노란 풍선이 들려 있을 때, 그 아이의 손을 꼭 쥔 엄마가 곁에 있을 때, 바위처럼 든든한 아빠가 미소 지으며 서 있을 때, 비로소 노란 풍선은 희망입니다. 여러분! 외로운 아이들의 엄마 아빠가 되어주세요. 당신 가까이에 있습니다. 그 아이들의 곁에 있어주고, 바위처럼 든든한 '내편'이 되어 주세요. 내일은 어린이날이니까요. 사실 제가 바라는 것은 어린이날만 빼고 매일 여러분들이 저와 함께 그들의 '편'이 되어주는 거랍니다. 그렇게 해 주실 거라고 믿어요. 여러분들은 제 편인걸 잘 알고 있으니까 말입니다.

어벤져스(Avengers)

요즘 누리소통망을 보고 있노라면 가관입니다. 무슨 정의의 사도가 그리도 많은지, 거의 영웅 수준입니다. 마블영화로 잘 알려진 avengers는 복수하는 사람들입니다. 영웅을 의미하는 hero와는 다르지요. 여전히 악성 댓글을 다는 것을 즐기는 악플러들도 병존하고 있지만, 이들보다 더 위험한 이들은 어벤져스급의 네티즌들입니다. 대체로 그들만의 몇 가지 특징이 있습니다.

첫째는 과격함입니다. 토막뉴스는 짧고 강렬한 반면에 섬세하지 못한 것들이 많지요. 그럼에도 그들은 이를 두고 전부인양 흥분을 감추지 못합니다.

둘째 공분하지 않는 이들은 모두 적으로 간주합니다. 자신의 소신을 피력하는 댓글들에 대해서는 가차 없이 무지렁이 취급을 하는 경우가 다반사지요.

세 번째 특징은 부지런함입니다. 실시간으로 모니터링을 하며 구독자 수를 늘려가며 댓글로 팬 관리를 하는 집요함도 보입니다. 얼핏 보면 네트워크가 그들 삶의 전부인 듯 보입니다. 댓글이 줄어들면, 반응 없는 이들을 친구 삭제하겠다고 투덜대기도 합니다.

일반적인 네티즌들은, 치열한 생존을 위한 삶을 살아가는 중간에 가끔 온라인을 확인하지요. 우리에게 조그만 즐거움이, 그들에게는 처음이자 끝인 것처럼 보입니다. 문제는 또 있습니다. 그들의 정의로움이 '순간'에 불과한 경우가 다반사라는 겁니다. 특히 사회적인 문제를 다룰 때에는 조심해야 하는데, 여과 없이 게시하고 이에 대한 책임은 오리무중입니다. 아니면 말고 식이지요. 게다가 그 파급효과는 일파만파 퍼져 나가기 때문에 위험하기 짝이 없습니다.

정의로움은 신중을 기반으로 합니다. 일방적인 감정의 쏠림이, 많은 모순들을 양산하고, 그러다 보면 본인도 상처를 받지요. 그러면 얼마간 활동을 쉬겠다고 의기소침해지기도 합니다. 물론 며칠도 못 가서 다시 모습을 드러내는 것도 그들의 특징이라 할 수 있겠네요. 혹세무민(惑世誣民)은 범죄행위입니다.

말에 대한 예의

의사를 표현하는 방법은 여러 가지가 있습니다. 그중에서도 '말'은 상당 부분을 차지합니다. 진정성에서 글은 독보적이지만, 전달되고 읽을 시간이 필요하다는 점에서 말보다 항상 더딘 걸음입니다.

여자와 남자가 처음 만났을 때는 서로 존칭을 하며 예의를 갖추지요. 이 시기에는 부딪침이 드문 일입니다. 어느 정도 시간이 지나서 사랑하는 사이가 되면, 자연스럽게 반말을 하는 경우가 많지요. 그때부터 무서운 속도로 어색함은 줄어드는 반면, 다툼이 잦아지기 시작합니다.

왜 그럴까요? 익숙하다는 이유로 함부로 말을 하게 되고, 그러다 보면 서로 간의 예의가 사라져 버리기 때문입니다. 나이 차이는 아무런 의미도 없습니다. 반말을 하게 되면서 막말도 서슴지 않는 모습을 자주 보게 됩니다. 연인관계에서 나이를 중시할 이유는 없지만, 최소한의 예의는 갖추는 것이 배려입니다.

어느 누가 막말을 듣고 분노하지 않을까요? 친밀해져서 반말을 하는 거야 어쩔 수 없다손 치더라도 막말만큼은 피해야 할 이유입니다. 더욱 심각한 것은 본인이 하는 말은 '그럴 수밖에 없는 말'이고 상대가 하는 말은 '그럴 수 없는 말'이라고 생각한다는 점입니다.

당신은 사랑하는 사람에게 말을 잘하고 있는지 궁금합니다. 사람은 누구나 존중받기를 원합니다. 존중받기 위해서는 먼저 상대를 존중해주는 것이 순서이지요. 나의 이야기에 귀를 기울여 주길 원한다면 당신이 먼저 그의 말에 귀를 기울여야 합니다. 건성으로 이야기를 듣기 시작하면, 상대가 정말 용기를 내서 하는 말조차 건성으로 듣고 지나가 버립니다. 그렇게 되면 '으레'가 됩니다. '으레'는 두말할 것도 없이 지극히 당연하다는 순우리말입니다.

'의례'적인 만남이란 이 세상에 존재하지 않습니다. 억겁의 인연까지는 아닐지 몰라도, 당신과 그 사람은 쉽게 만난 것이 아니라는 것을 깨달아야 합니다. 수많은 사람들이 아주 멀거나 가까운 곳에서 살아갑니다. 그중에 한 사람을 만났다는 것도 놀랍지만, 그 사람과 가까워질 수 있다는 것도 쉬운 일이 아니지요. 그렇게 만난 인연이 함부로 던진 '말 한마디'로 인해서 헤어지게 된다면, 얼마나 안타까운 일일까요? 그런 일이 두 번 다시 일어나지 않으려면 곁에 있는 사람을 소중하게 아끼고 사랑해야겠지요. 매번 잊어버리더라도, 매번 기억해야 하는 것이 인연이니까요.

아가, 울지 마

감기가 심해져서 병원에 들렀습니다. 환절기여서인지, 대기실에는 많은 환자들이 순서를 기다리고 있었지요. 한 어머니가 초등학생으로 보이는 한 아이와 영어로 대화를 나누고 있었습니다. 영어 학습을 위해서 일부러 그러는가보다 하고 대수롭지 않게 여겼지요. 한편으로는 굳이 병원까지 와서 애를 힘들게 공부시키는가 싶었는데, 아이는 연신 콜록대면서도 눈에는 눈물이 그렁그렁 맺혀 있었습니다. 또 궁금해졌습니다.

자세히 살펴보니 어머니는 필리핀 등지의 외국인처럼 보였습니다. 무슨 대화를 나누는지 들어보았더니, 놀랍게도 반복되는 말은 "Don't cry when mommy's gone."이었습니다. 무슨 사연인지는 모르지만, 엄마가 떠난다는데 울지 않을 아이가 어디 있을까요. 저 어머니가 부디 떠나지 말았으면 좋겠습니다. 어른인 저도 어머니가 자주 그리운데, 아직 어린아이에게 어머니의 부재는 얼마나 큰 공포일까요?

제 어머니의 흙빛 된장국이 생각납니다. 마치 대지의 마른 흙을 한 움큼 뿌려놓은 것 같은 진한 된장국은 그리움입니다. 해를 닮은 태양초가 충혈된 아버지의 눈빛처럼 가늘게 떠 있는 된장국은 언제나 그리움입니다. 그 된장국은 언젠가 유채화처럼 오래오래 기억 속에만 남겨지고 말겠지요. 하루가 멀다 하고 병원에 입원하시는 어머니의 나약함이 슬퍼지는 밤입니다. 점점 왜소해져만 가는 어머니의 주름진 손도 점점 흙빛을 닮아 갑니다. 눈물이 납니다. 어머니의 손을 닮은 된장국은 시간이 지날수록 식어만 갑니다. 저는 환절기가 정말 싫어지고 맙니다.

말복(末伏), 시발(詩發)

얼마 전, 말복에 소설가 M이 대구에 볼일이 있어서 왔다가, 삼계탕 한 그릇 하자고 연락이 왔습니다. 별로 달갑지 않았지만, 아주 안 보고 살 사이는 아닌지라, 꾸역꾸역 옷을 챙겨 입고 나가려는데, 다시 전화가 왔습니다.

"참, 김 작가, 나오실 때 〈여자, 새벽 걸음〉도 서너 권, 챙겨서 나와요. B 기자랑 몇이 나온다네."

"책은 서점에 있지요. 집에는 없어요."

그랬습니다. M은 책이 출간될 때마다 이렇게 손을 내밀었습니다. 겨우 책 한 권인데, 주고 말지 싶다가도 괜히 기분이 나빠집니다. 신간이 출간되자마자 10% 에누리, 그중에서 작가에게 지급되는 인세는 10% 남짓입니다. 물론 속내는 기자를 통해서 홍보도 해 줄 테니, 갖고 나오라는 거겠지만, 그것도 기분이 썩 좋지는 않습니다.

시를 쓰는 이들은 애당초 시를 써서 호사를 누릴 꿈은 애초에 꾸지도 않습니다. 그래서 생계를 꾸려갈 업(業) 하나쯤은 대부분 걸치고 살아가지요. 소위 전업 작가라고 불리는 몇을 제하고, 대부분의 시인들은 가만히 내버려 둬도, 충분히 슬프답니다.

시집을 읽는 이들이 드문 세상입니다. 누리소통망에도 좋은 글들이 넘쳐나니까, 굳이 시집을 사서 소장할 정성까지는 불요한 탓이 크겠지요. 간혹 시집을 사게 되면, 좋은 글이라고 복사해서 공유하는 경우가 다반사지요. 저작권이 문제가 되지만, 아사(餓死) 직전의 아이에겐 입가에 떠도는 파리 한 마리 내칠 힘도 없듯이, 지칠 대로 지친 작가는 이를 문제 삼기도 귀찮답니다. 출판사 측에서는 그렇게라도 홍보가 될까 하여 못 이기는 척 침묵합니다.

시집의 독자는 '또 다른 시인들'이라는 웃지 못할 현실을 개탄(慨歎)할 뿐입니다. 어느덧 삼계탕이 나왔습니다.

"김 선생은 너무 까칠해요. 왜 그렇게 비싸게 굴어요. 요즘 잘나가는 작가들이 얼마나 많은데……."

물끄러미 뚝배기에 담긴 영계를 들여다봅니다. 어쩌면 물에 빠진 저 닭처럼, 시인들도 날개를 가졌을는지도 모르겠습니다. 날개가 없는 건 아니지만, 날아오를 수도 없는 날개가 서러워, 그리도 절박하게 오랜 밤 홰를 쳐댔나 봅니다. 시발(詩發), 오늘 밤에 또 시 한 편이 그렇게 움트나 봅니다. 시(詩)와 당신은 얼마나 먼 거리에서 서로를 바라보고 있는지 궁금한 저녁입니다.

노세보(nocebo)

플라세보(placebo) 효과는 다들 아시지요? 의사가 가짜 약을 권하면서 환자에게 믿음을 주었더니 완치되었다는, 일종의 속임수 효과지요. 흔하지 않은 일인 것 같지만, 의외로 우리 주변에 그와 비슷한 일들이 많이 일어나기도 합니다. 혹시 그 반대의 효과인 노세보(nocebo) 효과라는 말은 들어보셨나요?

환자가 의심을 품어서 이름난 모든 약들을 무용지물로 만들어 버리는 것을 뜻하지요. 이렇듯 신뢰와 불신 중 무엇을 선택하느냐에 따라, 결과는 확연하게 달라집니다. 꼭 기억하세요. 과연 어떤 것이 우리의 삶에 이로운가를 말이지요.

희망의 노래들도 누군가에게는 한낱 처절한 푸념들로 비쳐질 수도 있습니다. 아이들의 마음 하나 다독이지 못하고, 더 많은 아이들에게 희망과 신뢰를 주지 못하는 어른들이 많습니다. 가슴 아픈 일이지요. 시를 쓰면서도 시답잖은 생각들로 하루하루를 허비하는가 하면, 급기야 누구를 미워하는 마음을 가지고 시를 썼다가 버린 적도 많았음을 고백합니다.

재미삼아 노래를 부르고, 재미삼아 그림을 그리고, 재미삼아 시를 쓰는 사람들도 많습니다. 반면, 혼신의 힘으로 노래를 부르고, 그림을 그리는 이나, 아프도록 시를 쓰는 이들도 많습니다. 왠지 불공평하다는 생각이 듭니다. 뭔지는 모르겠지만, 꽤나 억울하다는 생각도 듭니다.

삶을 재미삼아 살아가는 이는 없겠지요. 다만 누군가에게는 여유일 수 있는 노래가, 누군가에게는 필사적으로 매달려야 할 '무엇'이 되기도 한다는 것이 자꾸만 고개를 갸웃하게 만들기도 합니다. 분명한 것은 우리 모두 행복을 위한 희망의 자맥질을 멈추지 않고 있다는 '믿음'이 필요하다는 것이지요. 노세보 효과는 누구에게도 도움이 되지 않음이 분명하니까요.

반갑습니다

행사가 있을 때마다 인사말이 늘 고민이었습니다. '무슨 말부터 꺼내야 할까. 너무 짧아서도 안 되겠지? 조금 점잖게 인사말을 해야겠지.' 등을 두고, 며칠 전부터 이동하는 내내 인사말을 두고 고민을 합니다.

어느 날이었습니다. 제 앞에서 인사말을 하는 기관장 한 분이 '여러분, 반갑습니다. 저는 ○○○에서 근무하는 ○○○입니다. 오늘 정말 반갑습니다.'라고 짧게 축사를 하셨습니다. 아! 저는 정말 어리석은 고민을 했던 것이지요.

거기 모인 분들은 지루하고 긴, 형식적인 인사말을 아무도 원하지 않았을 겁니다. 불필요한 고민을 했던 제가 얼마나 한심해 보였던지요.

그분과 똑같이 인사하긴 뭣해서 '오는 길에 인사말을 가지고 고민을 했어요. 앞서 말씀하신 ○○○분에게 한 수 배웠습니다. 초대해주셔서 감사드립니다.' 박수가 터져 나왔습니다. 진심은 이리도 간단하고도 쉬운 것이었습니다.

반갑습니다. 당신도.

세상 부모님에게

세상 모든 부모님들은 자녀를 사랑합니다. 참일까요? 안타깝게도 거짓입니다. 때론 자녀를 학대하고 자녀에게 몹쓸 짓을 하는, 사람답지 못한 부모들도 존재합니다. 모든 명제를 참과 거짓으로 단정 지을 수는 없지만, 슬프게도 자녀를 사랑하지 않는 부모들은 분명히 존재합니다. 사실일까요? 자신을 사랑해본 적이 없는 그들은, 자녀들조차 사랑할 수 없습니다. 사랑하는 방법을 모르니까요. 그렇다면 자녀를 과잉보호하는 것은 무엇일까요? 그건 올바른 육아 방식은 아니라고 모두 알고 있지만, 그 또한 사랑의 표현이라고 관대하게 이해를 하는 편이지요. 하지만 과잉보호는 자녀에게 폭력을 행사하는 것과 다름이 없습니다.

부모님의 역할은, 아이가 힘들어할 때 '도와주는' 것이어야 합니다. 말 그대로 도움을 주는 것일 뿐, 처음부터 끝까지 부모가 고스란히 대신 해결해서는 안 됩니다. 요즘 혼자서는 아무것도 해결하지 못하는 젊은이들이 많습니다. 융통성이 없다고 그들을 탓하기 전에, 융통성이 없는 아이로 키워낸 부모를 탓해야지요. 응용력을 키울 수 있는 방법은 다름 아닌, 스스로 고민하고 해결하려는 자신의 노력뿐입니다. 아이가 어떤 문제에 대해서 고민할 때 '그거 답은 이거야. 쉽지?'라고 답을 던져 주는 행위는 '언제든지 모르면 부모에게 물어보면 돼'라고 조련(調練)하는 것과 다름없습니다.

아이가 충분히 고민할 기회를 주세요. 천천히 걸어가더라도 바르게 걸어가야만, 아이들이 어떤 힘든 상황과 마주했을 때 당황하지 않고 스스로 헤쳐나갈 수 있으니까요. 아이가 겪는 성장 과정에서의 고통을 부모님이 방해해선 안 됩니다. 해바라기가 씨앗일 때, 껍질이 찢어지는 고통 없이는 키가 클 수 없습니다. 물론 수많은 씨앗을 품은 얼굴도 가질 수 없겠지요.

부모님, 제발 아이들의 성장을 방해하지 마세요. 아이들의 관계도 어른들의 관계와 크게 다르지 않습니다. 동무들과 다투었을 때, 화해할 수 있도록, 먼저 손 내밀 수 있는 아이로 자라게 도와주어야 합니다. 다투었을 때 이길 수 있는 방법을 가르칠 것이 아니라, 다시 잘 지낼 수 있도록 화해하는 방법을 가르쳐 주어야 합니다.

아이들이 외롭지 않도록 도와주는 일, 그것이 세상 부모님들이 반드시 해야 할 일입니다. 자녀가 몸이 아프면, 부모는 마음이 아프지요. 병원에 아이들을 데리고 오는 부모님들의 표정을 보면, 누가 환자인지 분간이 가질 않습니다. 아픈 아이는 대기실에서도 뛰어다니는데, 부모님의 표정은 어둡기만 합니다. 그 아이가 자라면서, 언젠가는 혼자 아파야 할 때도 오겠지요. 부모님이 대신해줄 수 없는, 아픈 시기가 오겠지요. 그런 때가 오면 부모님은 무력한 자신을 발견하지요. 아이의 몸이 아픈 경우보다 마음이 아픈 경우가 더 그러합니다. 그렇다고 해서 자신을 탓하지는 마세요. 그것은 부모님이 무능해서가 아니라, 아이가 성장해가는 과정일 뿐이니까요. 그조차 대신하려 들면, 그 아이는 영원히 혼자 일어설 수 없다는 것을 깨달아야 합니다.

친구들과의 관계에도 너무 깊이 개입하지 마세요. 그 무리들로부터 아이가 떨어져서 외톨이가 될 수도 있습니다. 친구들과 다투기도 하고, 외로워지기도 하는 것은 그 아이가 교제를 배우는 과정입니다. 부모가 아이의 손을 잡고 친구에게 데려가면, 잠깐 노는 시늉은 하겠지만, 부모가 떠나고 나면 그 친구는 더 이상 그 아이와 놀고 싶어지지 않을 겁니다. 그 친구는 이미 알고 있거든요. 부모의 손을 잡고 온 아이는 작은 문제가 생겨도, 부모에게 달려갈 것을 말이지요. '성가신 친구'를 달가워할 아이는 이 세상에 없을 테니까요.

모자를 왜 써요?

소아병동에 들렀습니다. 한 여자아이가 항암치료를 받느라고, 머리카락 한 올 남지 않은 머리를 그대로 드러낸 채, 침대에 앉아 있었지요.

"왜 모자를 쓰고 있지 않니?"

저와 함께 온 일행이 물어보니, 그 아이는 환하게 웃으면서 되물었습니다.

"춥지 않은데 모자를 왜 써요?"

저와 일행은 얼굴이 빨개졌습니다. 뿐만 아니라, 제 곁에 탈모를 가리느라, 모자를 쓰고 있던 분도 모자를 벗었습니다. 그랬습니다. 그 아이의 얼굴, 어디에도 죽음에 대한 두려움이라고는 찾아볼 수 없었습니다. 해맑은 아이에게 머리카락 없는 것쯤은 아무것도 아니었던 것이지요.

하루 빨리 복도를 누비며 뛰어다니는 아이를 볼 수 있었으면 좋겠습니다. 돌아오는 길에 아이의 얼굴이 자꾸만 떠올라 앞이 잘 보이지 않았습니다. 그래. 모자는 추울 때만 쓰렴.

붕어빵

"이런 곳에서 붕어빵이 팔려요?"

저는 붕어빵 하나를 입에 물면서 의아해서 물어보았지요. 그곳은 공원묘지 입구였거든요. 꽃을 파는 경우야 흔하지만 참배객도 드문 평일에 묘지 앞에서 붕어빵을 팔고 있는 아저씨는 정말 의외였지요.

"아내가 저곳에 묻혀 있어요."

고개를 돌려 등 뒤에 자리한 묘지들을 가리키곤, 빵틀을 뒤집더니, 반죽된 밀가루를 주전자로 부었지요.

"아, 그러시군요. 아직 젊으신 것 같은데……."

붕어빵을 입에 문 채 말문이 막혀서, 아저씨를 빤히 보았지요. 괜한 걸 물어봐서 한 사람의 아픔을 끄집어낸 셈이 되었으니까요.

"아내는 붕어빵을 좋아했지요. 늘 피곤해하는 저에게 사달라는 부탁도 못 하는 착한 아내였어요."

어릴 적 생각이 나서 붕어빵 두어 개만 먹고 지나갈 참이었는데, 저도 모르게 간이의자에 걸터앉았습니다.

"직장암 말기였어요. 암이라는 것이 얼마나 무서운 병인지 말로만 들었지. 하루가 다르게 사람이 그렇게 말라갈 수 있다는 것을 눈으로 직접 보니까 공포가 다가오더군요."

그가 출근하려는데, 아내가 아무래도 느낌이 좋지 않다고 검사결과를 보러 같이 가달라고 했지만, 그는 역정을 내고 말았답니다. 홀로 병원을 찾은 아내가 그날 바로 입원을 하고 투병이 시작되었지만, 그 기간은 불과 석 달이었다고 합니다. 아내가 입원하고 다음 날 그에게 힘없이 웃으면서 말했답니다.

"여보, 그거 기억나? 당신이 회식했다던 날, 술에 취해서 고생한 아내에게 최고의 선물이라며 붕어빵을 사 가지고 왔던 거, 그날 포장지가 터져서 겨우 한 마리밖에 못 먹었어. 나머지 붕어들은 방생했어?"

"그게 뭐라고, 지금 당장 사 갖고 올게. 당신이 붕어빵을 그렇게 좋아할 줄은 몰랐네."

"당신이 처음으로 나 먹으라고 간식을 사 온 날이니까."

아저씨는 바로 뛰어나가서 붕어빵을 사 왔지만, 아내는 붕어 한 마리의 꼬리를 베먹고 모두 토해버리고 말았답니다.

암의 전이속도가 너무 빨라서 손쓸 틈도 없이 그렇게 아내는 떠나버리고 말았지요.

아내의 장례절차를 모두 마치고 공원묘지에 안장을 하고나서, 그녀의 곁에서 붕어빵을 굽기로 했답니다. 그곳에서 얼마나 장사를 더 할 수 있을지는 알 수 없지만, 출근해서 제일 먼저 구운 붕어빵을 아내의 묘에 매일 가져다 두기 시작했습니다. 다음 날 가보면 어김없이 사라져서 '아내가 정말 먹고 있나?' 하는 생각까지 했답니다.

그러던 어느 날 길고양이들이 아내의 붕어빵을 물고 빠르게 달아나는 것을 보았답니다.

"그래서, 요즘은 안 갖다 드리세요?"

"아뇨. 요즘은 더 많이 갖다놓지요. 그 녀석들 몫에 아내의 몫까지 더 필요할 테니까요."

공원묘지 뒤로 노을이 빨갛게 물들어가고 있었습니다. 생각지도 않게 오랜 대화를 나누면서 느낀 점이 많았습니다.

사랑은 할 수 있을 때 하는 것도 아름답지만, 떠나보낸 후의 사랑도 그에 못지않게 아름다울 수 있다는 것을요. 그날부터 저의 가족은 이틀 동안 붕어빵을 먹어야 했습니다. 그의 아내를 생각하면서 말이지요.

반말

"어? 오랜만이네?"

좀 어이가 없었습니다. 불과 두어 번, 본 사람이 저에게 뜬금없이 반말로 인사를 건넵니다. 볼 때마다 '선생님'이라 부르던 그가 왜 갑자기 반말을 했을까요? 나이가 다섯 살 정도 위였던 걸로 아는데, 여태 풀리지 않는 의문입니다. 그와 함께 온 다른 일행도 있었던 터라, 그에게 면박을 주기가 모호한 상황이어서 어쭙잖게 그날은 그리 넘어갔지요. 그는 이를 '용인'으로 이해했던 걸까요? 그 후로 자연스럽게, 다른 이들에게도 '사윤이? 걘는 내가 잘 알지.' 따위의 말을 하더라는 얘기도 전해 듣게 되었습니다.

저는 그를 잘 알지 못합니다. 사람과 사람의 관계는 시간이 주는 '익숙함' 외에도 '친밀함'을 바탕으로 농익어갑니다. 물론 단 한 번을 만나도 '통'하면, 반말이 아니라 모든 걸 다 주어도 아깝지 않은 사람도 있지요. 그는 제게 그런 사람도 아니었습니다.

당신은 함부로 반말하지 마세요. 기왕에 국어가 존댓말과 반말로 나뉘어져 있으니 구분해서 쓰는 것이 옳습니다. 이제 본격적으로 겨울입니다. 빙판길에서 넘어졌을 때, 타인에게 손이라도 내밀고 싶으면 '명령' 대신 '부탁'을 해 주시기 바랍니다. 당신이라면 "나, 좀 일으켜!" 소리치는 사람과 "저를 도와주세요." 하는 사람 중 누구에게 먼저 손을 내밀어 주시겠습니까.

상대에 대한 예의를 다해서 손해날 일은 없습니다. 이는 '아부'나 '아첨'과는 다른 이야기입니다. 특히 노인이 젊은이에게 예의를 갖추는 모습을 보면 아름답기 그지없습니다. 반말하는 것이 '친숙'한 표현일 수도 있지만, 본인의 '오만'으로부터 비롯된, 상대를 '무시'한 결과일 수도 있지요. 그러다가 어린 사람에게 심한 '지적'을 받으면 본인은 얼마나 무안해질까요? 인격까지 폄하될 수 있는 언어 선택은 피하는 것이 좋습니다.

욕설과 비속(卑俗)어는 비슷한 듯 보이지만, 큰 차이가 있지요. 욕설은 상대에게 모욕을 주기 위해 구체적인 언어의 설계를 필요로 하지만 비속어는 일반적으로 쓰이는 상스러운 표현들을 일컫지요. 저는 욕설과 비속어를 모두 싫어합니다. 친밀감을 표현하기 위해서 쓰이는 것일지라도 싫어합니다. 상대가 싫어하는 걸, 하지 않는 것도 배려지요. 비속어도 상대가 싫어한다면, 욕설이 되어버린다는 것을 기억하세요. 때로는 반말도 욕설이 될 수 있습니다.

욕쟁이 할머니

새벽에 허기를 채울 만한 곳은 지극히 제한적입니다. 그중에서도 제가 별로 즐기지 않는 돼지국밥집에 가는 게 어느덧 일상이 되었습니다. 언제나 따로국밥을 주문했지요. 한 숟가락만 따로 먹고, 이내 국에 밥을 말아버립니다. 처음부터 밥을 말아서 나오는 국밥과 한 숟가락의 차이밖에 없는 선택이지요. 이를 아는 지인들은 그럴 거면 처음부터 그냥 국밥을 주문하지. 왜 따로국밥을 굳이 주문했냐고 핀잔을 주기도 합니다.

그들은 알지 못하지요. 매번 제가 먹기 싫지만, 배가 고파 억지로 먹는다는 것을요. '그 집'을 가면 하루를 밀어내며 드는 허탈과 박탈의 감정을 모두 느낄 수 있습니다. 선술집 바닥에 나뒹구는 빈 막걸리 통이 '허탈'이라면, 작작 마시고 집에 가라며 등 떠미는 할머니의 욕 한마디는 저의 힘든 감정들을 얼떨결에 빼앗는 '박탈'에 가깝겠지요.

이해할 수 없는 건, 힘들 때마다 그 집을 찾아가는 저의 마음입니다. 술도 제대로 못 마시면서도 단내를 맡은 꿀벌처럼 잉잉대며, 찾아갈 곳이 있다는 것은 그나마 다행입니다. 열 명이 함께 드나들던 곳이 다섯 명으로 줄어들더니 결국 저 혼자 찾아가던 국밥집에 얼마 전부터 할머니가 보이지 않습니다. 살가운 성격이 아니어서 누구에게 물어보지도 못했습니다만, 자꾸만 슬픈 예감이 머릿속에서 떠나지 않았습니다. 중풍과 당뇨가 심해서 늘 한쪽 다리를 절며 걸으시던 모습과 함께 말이지요.

부드럽고 따스한 말들이 용기를 줄 수도 있지만, 때론 거칠고 뜨거운 말 한마디가 더 큰 힘을 주기도 하지요.

"내가 아파 뒈졌으면 좋겠지? 난 비루빡(벽)에 똥칠할 때까정(지) 살거니까, 애초 기대도 하지 말거래이. 마이 처묵어라."

오늘도 희망을 부르는 욕 한마디 제대로 못 듣고 국밥집을 나서는 길입니다. 할머니가 어서 건강을 찾아서, 걸쭉하고 따스한 욕 한 구절 들려주셨으면 좋겠습니다. 찾아갈 곳이 있다는 것도 행복입니다. 당신에게도 위로받고 힘낼 수 있는 혼자만의 공간이 있겠지요. 부디 그곳은 오래도록 그 자리에서 외로운 당신을 기다리며, 머물러 있기를 바랍니다.

라벨링 효과

라벨링 효과라는 말, 들어보신 적 있나요? 라벨은 우리가 흔히 쓰는 label을 뜻합니다. 책갈피 대신 쓰기도 하고, 메모지로도 사용을 하지요. 이름표로 가장 많이 쓰이는 라벨의 효과는 어떤 것이 있을까요?

어린아이에게 '넌 너무 착해', '넌 너무 예뻐'라고 계속 인지를 시켜주면, 정말 착하고 예쁜 아이로 자라나는 것처럼, '넌 왜 그 모양이야?', '넌 항상 문제야'라고 이야기를 하면 그 아이는 정말 문제아동으로 자라난다는 이론입니다.

꽤 설득력이 있는 이론이지요? 이 세상에는 문제 아동은 단 한 명도 없습니다. 문제 어른들만이 존재할 뿐이지요. 게다가 어른들은 하나같이 모범적인 유년시기를 보냈다고 말하지요. 오래전에 초등학교를 졸업한 이들은 모두 일등만 했다고 합니다.

이상하게도 어른들은 '당신은 할 수 있어요'라는 말보다, '당신이 할 수 있겠어요?'라는 말을 더 자주 합니다. 그러니 우리가 가장 많이 듣는 말도 '당신은 힘들 텐데?'라는 말이겠지요. 그러다 보면 자연스럽게 제 마음속에도 '난 할 수 없을 거야'라는 무의식이 자리합니다.

우리부터 먼저 '당신은 할 수 있어요'라는 말을 자주 해주기로 해요. 서로에게 힘이 되는 말이 필요합니다. 서로를 믿고 용기를 줄 수 있는 말은, 놀랍고도 위대한 일을 이뤄내기도 합니다.

산악인들은 산을 오르다가 힘이 들면, 옆 사람의 배낭까지 들어 준다고 합니다. 그 사람이 힘이 들어서 배낭을 들어달라고 부탁하기 전에 '내가 이렇게 힘이 드니까, 저 사람도 힘이 들겠지'하는 마음으로 그렇게 한다고 합니다.

용기와 힘을 건네는 긍정적인 격려의 말들이 습관으로 자리 잡을 수 있도록 노력해보기로 해요. 라벨링 효과, 꼭 기억하세요.

오성과 한음

경쟁심은 현대사회를 살아가는 하나의 지혜입니다. 조선 중기의 오성과 한음처럼, 서로를 아끼는 마음을 가지고 선의의 경쟁을 하는 것은 바람직하지요. 이런 예는 수도 없이 많습니다. 안타까운 것은 상대를 짓누르고 이기려는 '이기심'을 경쟁심이라고 착각을 하는 사람들이 많아지고 있다는 사실입니다.

한때 '세상은 1등만 기억한다.'는 선전문구로 화제를 모았던 대기업도 사실 1등을 한 분야가 많지 않다는 거 아세요? 영원한 1등은 없다는 것도 세상의 진리지요. 1등만 기억하는 세상은 한 마디로 사람이 살아가기 곤란한 세상입니다. 굳이 1등을 제외하고 기억할 필요는 없지만, 순위와 상관없이 노력하는 삶을 살아가야 합니다. 비록 1등이 아니어도, 최선을 다했다는 것만으로 행복한 세상이 되어야 합니다.

경쟁은 누군가를 해치는 일이 아니고, 함께 발전해가는 일입니다. 어른은 어른다워야 하고, 아이는 아이다워야 합니다. 어른이 어른 행세를 못하고, 아이가 아이답지 못하면 이 세상은 질서가 허물어집니다. 아이들은 어른의 눈치를 보는 데 급급해서 동심을 잃어버리고, 어른은 부정하고 부패한 모습들만 보여주면, 상상만 해도 끔찍한 세상이 됩니다. 아이들이 뛰어노는 모습들만큼 아름다운 장면도 드물지요. 아이들의 웃음소리는 그 어떤 새소리보다 즐겁습니다. 우리 아이들을 조기교육이다, 선행학습이다 하며 서둘러 힘들게 하는 것이 현실입니다.

경쟁은 아름다운 일입니다. 옆집 아이는 친구이지, 적이 아닙니다. 부디 경쟁의 의미를 훼손시키지 마세요. 친구와 함께 발전해가는 것이 경쟁입니다. 어린이들은 마음껏 뛰어놀고, 무지개를 꿈꿀 권리가 있습니다. 부디 일찍 철들게 하지 마세요.

제 친구 중에 M이라는 그림 그리는 친구가 있어요. 똑같은 이름의 친구가 있다고 스스로 이름에 M이라는 낙인을 찍은 배려심이 많은 친구랍니다. 묵묵하게 해마다 개인전을 치르고 해마다 작업실에 그림들이 차곡차곡 쌓여가도, 조바심내지 않는 멋진 친구지요. 이 친구가 어느 날 제게 의미심장하게 말했습니다.

"너는 언제 철들래? 난 너보다는 어른이거든!"

저보다 철이 덜 든 것 같은 미심쩍은 친구가 그렇게 말하기에 피식 웃고 말았습니다.

"그래. 우리 영원히 철들지 말자. 친구야."

순대와 떡볶이

어제는 별이 참 맑았지요. 시어처럼, 별빛들을 잘 우려낸 차를 마시고 싶을 만큼, 하늘이 맑아서 너무 좋았습니다. 도시에서는 가까운 불빛들 때문에, 먼 곳의 별을 찾아보기가 쉽지 않지요. 별자리들을 꽤 많이 알고 있다고 생각했는데, 시간이 지날수록 점점 기억이 희미해집니다.

제가 군대에 있을 때, 경계근무를 나가서 올려다본 하늘은 소름이 끼쳤답니다. 저렇게 많은 별들이 이리도 가까이에서 빛날까 싶은 생각에 한동안 눈을 뗄 수가 없었지요. 그리고 학교 다닐 때, 억지로 외웠던 별자리들에 감사했지요. 군인이었던 저의 눈에 비친 별들은 평생 가슴에 그렇게 남았습니다.

두 팔을 활짝 벌리고 하늘을 바라보세요. 참 넓죠? 여러분들의 마음도 딱 그만큼 넓어졌으면 좋겠습니다. 저의 아량은 두 팔을 벌린 만큼도 안 되는 것 같긴 하지만요. 어제까지 사랑했던 사람에게, 오늘 상처를 주는 어리석은 마음도 하늘만큼 넓어지기를 바랍니다.

누군가를 용서해야 할 때, 범위라는 것이 없어야 합니다. 여기까지는 용서하고, 여기서부터는 용서할 수 없다면, 이미 당신은 어떤 것도 용서하지 않은 것과 다름이 없습니다. 단 한 가지라도 용서 못 할 뭔가가 남아 있다면, 그 사람을 자연스럽게 대하기 힘들 테니까요. 사과와 용서는 어떤 것이 먼저여도 상관없겠지요. 떡볶이 양념에 순대를 찍어 먹는 걸 좋아하는 사람도, 떡볶이 양념에 '실수'로 순대를 떨어뜨리면 기분 나빠하는 사람도 있지요. 먼저 용서하는 것도 용기입니다.

학교 밖 아이들

학교 밖 아이들이 많습니다. 학우들과 어울리지 못하고 가정폭력으로 시달리던 아이들이 밤거리를 헤매고 있습니다. 이 모든 아픔들은 우리가 보이지 않는 곳에서 날마다 일어나는 일이랍니다. 하지만 아이들이 방황하고 있다고 해서 미래가 없는 것은 아니지요. 방황해본 아이들이 더 큰 나무로 자라날 수도 있는 법이지요.

아픔을 겪어본 아이들이 병들고 지치지 않는다면, 분명히 어느 순간에 커다란 느티나무로 자라날 수도 있다는 것은 여러 가지 사례를 보더라도 알 수 있습니다. 다만 우리가 해야 할 일이 있습니다. 이들의 손을 잡고 희망이라는 싹을 심어 주는 것이지요. 그들의 방황에 눈살을 찌푸리고 피할 것이 아니라, 그들에게 희망을 일러 주는 일을 잊지 말기로 해요.

아이들을 도울 수 있는 시점이라는 건 따로 없어요. 마음에 여유가 있을 때, 혹은 내가 경제적으로 여유로워질 때 돕겠다는 마음도 나쁘진 않지만, 지금 당장 해야 할 일 중에 하나가 누군가에게 희망을 건네는 일입니다.

나중에 따로 시간을 내서 도우려면 오히려 더 힘이 들어요. 여태 우리가 살아오면서 단 한 번이라도 마음에 여유를 가져본 적이 있었는지 돌아보면 금방 느낄 수 있지요. 그건 평생 돕지 않겠다는 말과 크게 다르지 않답니다. 조그만 도움의 손길부터 내밀어 보세요. 당신을 기억하지 못하더라도, 도움을 받은 아이들의 마음속에는 희망의 따스한 손길의 온기로 남아 있을 테니까요.

다슬이

박철순 감독의 영화 〈다슬이〉를 봤습니다. 울진의 작은 어촌 마을에서 할머니, 삼촌과 함께 살고 있는 9살 소녀 다슬이를 그린 영화입니다.

자폐증세를 보이는 다슬이는 낮이면 크레파스를 들고 다니며, 마을의 이곳저곳 가리지 않고 그림을 그리고, 밤이 되면 TV에서 눈사람이 나오는 만화를 보는 것이 일상입니다. 눈사람은 다슬이의 희망이었지요. 그런 아이에게 할머니와 삼촌은 묵묵히 크레파스를 건넬 뿐이었습니다.

마을 사람들은 다슬이가 성가시기만 합니다. 벽이건 벤치건 가리지 않고 그려놓은 그림들이 그들에겐 낙서에 불과하니까요.

어느 날 눈이 귀한 마을에 많은 눈이 내리고 다슬이는 온 마을의 지붕마다 지붕과 지붕을 이어야만 볼 수 있는 거대한 눈사람을 완성하지요. 사람과 사람의 마음을 엮어야만 우리도 삶의 '큰 그림'을 완성할 수 있을 것 같아요. 참 예쁜 영화입니다.

반성

당신에게 누군가 용서를 구하면, 눈 딱 감고 용서해주세요. 그 사람도 망설이고 망설이다가, 용기를 내서 당신에게 찾아온 사람이니까요. 그러고 보니, 여태까지 용서하지 못한 얼굴 하나가 떠오릅니다. 무엇보다도 용서가 되지 않는 이유는, 여태 얼마나 잘못한 일인지를 그 사람이 깨닫지 못해서입니다. 어떻게 알 수 있냐고요? 그 사람에게 또 다른 사람들이 상처를 받는 경우를 보았거든요. 그래도 그가 용서를 구하고 반성한다면 받아들일 각입니다. 반면 저도 용서를 구할 사람들이 있겠지요. 본의가 아니라 해도 저의 실수가 떠오르면, 용서를 구하러 찾아가려고 합니다.

우리 모두가 행복해지려면, 반성할 건 해야 하니까요. 반성을 모르는 사람들은 다른 사람들의 '반성'에 대해서도 관대하지 못합니다. "진심으로 반성하지 않는 것 같다"는 둥 "표정 봤냐? 저게 반성하는 표정이냐." 따위로 사람들에게 갈등을 일으키지요. 그들은 짐승처럼 사람들에게 사악한 말로 '영역표시'를 하려 들기도 합니다. 그야말로 안타깝기 그지없는 일이지요.

반성은 '말'도, '행동'도, '표정'도 아닌 '마음'으로 하는 거랍니다. 그 마음이 진심이라면 어떤 식으로든 받아들일 준비가 되어 있어야 합니다. 무엇보다 귀책사유가 있는 사람부터 반성할 마음이 우선되어야겠지요. 아무리 시간이 흘러도 진실을 가릴 순 없습니다.

일제강점기에 일본이 자행했던 만행은 이미 만천하에 알려져 있습니다. 국제사회에서 경제 부국 일본이 역사를 왜곡하려는 노력을 부단히 하고 있다는 소식을 접할 때마다 마음이 아픕니다. 위안부 할머니께서 겪은 일들을 그리도 소상하게 증언을 하는데, 그들이 모른다고 할 수야 없지요. 그들의 눈에 평화의 소녀상이 거슬려서 철거를 요구하고 있지만, 정작 철거해야 하는 건 눈앞에 보이는 소녀상이 아닙니다. 반성을 모르는 그들의 마음부터 깨끗하게 지워야 합니다. 언제까지 말도 안 되는 억지를 부리려는 건지 답답하기만 합니다.

1950년 7월 발생한 충청북도 영동군 황간면 노근리에서 일어난 학살 사건은 진실입니다. 미군이 '적'으로 간주한 한국인 양민 300여 명을 철교 아래에서 사살한 이 사건은 당시 우리나라를 제외한 전 세계에 큰 반향을 불러일으켰던 사건이지요. 그럼에도 친미세력이 집권하던 시기의 당국은, 오히려 역사의 미궁 속으로 빠뜨릴 뻔한 패악을 저질렀지요.

손바닥으로 하늘을 가릴 수는 없습니다. 아직도 노근리 곳곳에는 총탄 자국들이 철교 아래에 남아 있고, 무엇보다도 마을 주민들의 가슴에 촘촘하게 상흔이 그대로 남아 있습니다. 오욕의 역사는 유야무야 덮고 지나가는 것이어서는 안 됩니다. 진상을 규명하고 반성하는 자세가 역사를 바로 세우는 길이니까요.

과거 월남전에 파병되었던 한국 군인들이 베트남 양민들에게 자행했던 비인권적인 행위들도 사실이 밝혀지면, 이 또한 제대로 반성하고 사과해야 할 일입니다. 우리의 아픔 못지않게 그들의 아픔도 유야무야 넘겨서는 안 될 일이니까요. 국민성은 나라마다 다를 수 있지만, 인권은 평등해야 합니다. 무엇보다도 일본에게 당했던 인권유린을 타국에 가서 우리가 저질렀다는 사실만큼은 거짓이었으면 좋겠습니다.

된장찌개와 화투

치매, 잊어간다는 것, 누군가로부터 잊힌다는 것은 슬픈 일입니다. 기억 속에서 한 사람씩 지워가다가, 마침내 자신을 지우는 슬픈 병이지요. 치매는 정말 최악의 질병인 것 같아요. 아직 이렇다 할 원인조차 파악되지 않는다고 합니다. 그러니 부지런히 뇌를 쓰는 것 외에는 딱히 방법이 없다는 소리도 하겠지요.

부모님도 화투가 도움이 된다면서, 가끔 놀이 삼아 하시는 것 같더군요. 제가 어렸을 때 친구들이랑 화투놀이를 하면, 정색을 하시던 부모님이 이젠 저와 한판 하자면서 도전(?)을 하십니다. 치매만 아니라면, 화투보다 더한 것도 얼마든지 도전을 받아드릴 용의가 있습니다. 매번 져 드리는 것이 쉬운 일은 아니지만요.

부모님과 식사를 위해서 삼겹살 식당에 들렀지요. 그곳은 고기를 다 먹고 나면, 된장찌개를 천 원에 판매하고 있었습니다. 물론, 고기를 드시는 분들에 한해서 마련된 서비스 개념의 메뉴였지요. 삼겹살을 막 구워서 먹고 있는데, 갑자기 연세가 꽤 드신 분들 열 분 정도가 식당으로 들어섰지요. '아마 계모임이라도 하시나보다' 하고 크게 관심을 두지 않았지요. 그런데 잠시 뒤 그쪽에서 웅성대는 소리가 들렸습니다. 무슨 일인가 해서 보았더니, 종업원과 손님이 실랑이를 벌이고 있었습니다.

"아니, 할아버지. 고기를 드셔야 드릴 수 있다고요. 몇 번을 말씀을 드려요?"

종업원이 짜증을 부리자, 한 할아버지가 고함을 치셨지요.

"저기 된장찌개 천 원 적혀 있잖아? 저번에도 먹었다고!"

그때 저쪽에서 주인이 달려오더니, 할아버지께 인사를 꾸벅했습니다.

"아이쿠, 어르신 오셨어요? 요 며칠 안 보이셔서 편찮으신 줄 알고, 걱정했잖아요? 건강하시죠?"

그리곤, 종업원에서 어서 된장찌개 갖다 드리라고 말했지요.

할아버지와 친구분들은 즐겁게 식사를 한 후 나가셨음은 물론이지요. 세상에서 제일 흐뭇한 식사를 할 수 있어서 너무 행복한 저녁이었습니다. 보석처럼 빛나는 마음은 이렇듯 어디서건 빛이 나고, 감동은 이렇게 소소하게 일상에서 얼마든지 찾아볼 수 있나 봅니다.

3

하나를 버릴 용기

첫인상

사람은 겪어보고 판단해야 합니다. 첫인상이 좋지 않다고 거리를 두거나, 말투가 마음에 들지 않는다고 거리를 두어선 안 됩니다. 소중할지도 모를 인연을 어쩌면 쉽게 버리는 일이 될 수도 있습니다.

처음부터 마음에 드는 사람은 의외로 드뭅니다. 보면 볼수록 매력이 있는 사람이 많지요. '무뚝뚝했던 사람'이 보이지 않게 당신에게 베푼 배려를 경험해보면, 그때부터 그는 당신에게 '정이 많은 사람'이 됩니다. 어떤 사람을 만날 건지 고민하기 전에, 당신의 편견부터 내려놓아야 합니다. 우리가 가지는 편견으로 인해서 '정이 많은 사람'을 '무뚝뚝한 사람'으로 결정짓는 오류를 범할 수도 있으니까요. 그 사람을 충분히 겪었다고 판단이 설 때, 인연인지 아닌지를 결정해도 늦지 않지요. 물론 '첫인상'은 중요합니다. 그렇지만, 첫인상으로 그 사람과의 인연을 섣불리 결정해서는 안 됩니다. 마음을 '인상'에 모두 드러낼 수는 없으니까요.

기다리는 시간

한 사람이 여러 가지 표정을 지을 수 있습니다. 한 사람이 여러 가지 마음을 먹을 수도 있습니다. 그래서 한 사람에 대해서 알아가는 것이 너무나 힘들고 어렵나 봅니다. 그래도 알아가야 합니다. 그 사람을 사랑하는 경우에는 더욱 그러합니다. 날마다 만나는 사람이라 할지라도, 그 사람의 속내를 모두 알지는 못하지요. '그 사람, 내가 잘 아는데'라고 생각하는 것도 자만입니다.

그 사람이 웃으면 '힘든 하루였지만 당신이 있어서 참 다행이야'라는 뜻입니다. 그 사람이 눈물을 흘리면 '기댈 수 있는 당신이 있어서 고마워'라는 뜻이지요. 조심스럽게 기다려주는 시간이 필요합니다. 그가 말하지 않을 때에는 그냥 조용하게 기다려줄 수 있는 것, 이 또한 사랑입니다.

사람은 누구나 실망을 주고받게 마련입니다. 그럴 때마다 이별할 수는 없는 노릇입니다. 그렇다고 해서 매번 참고 넘어갈 수도 없겠지요. 그래서 말을 할 수밖에 없는데, 기왕에 말을 꺼낼 때는 솔직하게 있는 그대로를 표현해야겠지요. 상처를 주라는 이야기가 아닙니다. 상대의 자존심을 다치지 않도록, 당신의 부족한 면을 먼저 말머리에 꺼낸다면, 그는 한결 편안한 마음으로 받아들일 수 있겠지요.

'방귀 뀐 놈이 성낸다.'라는 속담이 있지요. 생각해보세요. 여럿이 모여 있는 장소에서 일부러 방귀를 뀔 리가 없잖아요? 실수였을 것이 뻔합니다. 누가 방귀를 뀐 것인지 두런거리는 소리에 본인은 얼마나 민망하고 초조할까요? 그럴 때 누군가 의도적으로 '아, 내가 실수했네요.'라고 대신 말해준다면, 얼마나 고마워할까요?

사람은 누구에게나 조금은 아프고, 조금은 부끄러운 경험을 가지고 있습니다. 이를 범인을 색출해내듯이 몰아가면 그 사람은 심한 상처를 받게 되겠지요. 조금만 기다려주면, 웃으면서 할 수 있는 이야기도 당장에는 힘들 수 있습니다. 우리, 조금만 더 '기다려주는 연습'을 해보기로 해요.

불만이 뭐냐면

당신, 참 잘한 일이다 싶은가요? 그럼 참 잘하신 겁니다. 어떤 사람과 헤어지고 나서, 뭔가 두렵거나, 미안하거나 후회가 되는가요? 마음이 개운하지 않습니까? 그럼 뭔가 잘못되어있는 겁니다. 다시 한 번 생각해보세요. 무엇이 잘못된 건지 알게 되면, 뉘우치고 반성하거나, 그 사람에게 사과하세요. 그것이 삶을 살아가는 바른 방식입니다. 더 늦어지기 전에 진심으로 사과하세요. 지금 사과하지 않으면, 돌이킬 수 없을 정도로 후회할지도 모릅니다.

수많은 이별에게 불만이 뭐냐고 물어보면 '상대가 이해해 주지 않는 것'이라고 합니다. 인간관계에서 이해는 상대적인 거지요. 어떤 개념을 두고 이야기하던 중에 '제 생각은 다릅니다.'라고 말을 꺼내는 순간부터, 상대는 반감을 가지고 방어하게 됩니다. 왜 그렇게 생각을 하냐고 물어보거나, 따지듯이 서운한 감정을 드러내기도 하지요. 심한 경우에는 자리를 박차고 일어나는 경우도 있지요. 그 후 주위 사람들에게는 '그 사람은 너무 까다롭다'고 평을 합니다.

겉으로는 생각의 차이라고 말하지만 누구도 본인의 생각과 다른 이를 대하는 것이 편하지만은 않습니다. 그렇다고 해도 어느 한쪽을 부정하게 몰아가서는 안 될 일이지요.

한쪽은 이해하는데, 상대가 이해하지 못할 경우는 매우 드뭅니다. 서로 이해하거나 서로 이해하지 못할 경우가 대부분이지요. 특히 이견을 가질 때에는 서로가 경청할 필요는 있습니다. 누구의 이야기든 곰곰이 들어보면 저마다의 이유가 있게 마련이지요.

간혹 완전히 그릇된 주장을 하는 경우도 있습니다. 그런 경우는 개인이나 조직의 욕심 때문이거나, 집단의 뜻을 규합하는 '담합'을 위해서 잘못을 알고도 주장하는 경우가 많습니다. 그런 경우는 예외라고 볼 수도 있겠습니다. 불만이 뭐냐고 묻는 순간부터 '다른 의견'이 불만이 되어버리고 맙니다. 다음부터는 불만이 뭐냐고 묻지 말고 '다른 의견'이 있는지 물어보세요. 그럼 불만 대신 좋은 의견이 나올 수도 있으니까요.

어두워야 보이는 것들

반드시 어둠이어야만 보이는 것들이 있습니다. 마음이 그러하고 침묵과 고요가 그러합니다. 가끔 눈을 감는 이유도 거기에 있습니다. 빛이 있어야만 무언가 볼 수 있다는 고정관념을 버리는 순간, 보이지 않는 것들이 보이기 시작합니다.

혹시 당신은 불필요한 것들에 대한 집착들로 인해 진실을 보지 못하는 것은 아닌지요? 어둠은 육체의 눈을 감기는 대신, 영혼의 눈을 뜨게 합니다. 그리고 좀 더 익숙한 시간이 지나고 나면, 눈을 뜬 채로 마음을 읽을 수도 있게 되지요.

우리는 언제나 타인의 마음을 읽으려는 노력을 해야만 합니다. 그래야 그들도 우리의 마음을 읽으려 할 테니까요. 눈을 뜨고도 진실을 보지 못하는 세상은 삶을 무기력하게 하는 것처럼 말이지요.

눈앞이 보이지 않으면 당장에는 불안한 마음이 듭니다. 때론 낯선 상대로부터 공격이라도 받을까 공포에 휩싸이기도 합니다. 그럴 때 용기를 내는 것이 말처럼 쉬운 일은 아닙니다. 하지만 반드시 용기를 내야 합니다. 포악한 짐승들은 스스로 겁에 질려서 먼저 상대를 공격하기도 하고, 조그만 움직임에도 민감하게 반응하지요. 오히려 코끼리처럼 정말 강한 동물들은 느긋하기만 합니다.

쉽게 흥분하고 소리치는 사람들은 겁쟁이일 가능성이 높습니다. 자신들을 함부로 대할까봐 먼저 다른 이들에게 상처를 주곤 하지요. 다른 사람들의 이야기를 함부로 하고 다니는 사람들도 마찬가지입니다. 그렇게 하면 본인을 아무도 괴롭히지 않을 거라 믿고 있지요. 오히려 그것이 굴레가 되어 벗어날 수 없는 상황이 되기도 하는데, 안타까운 일입니다.

어둠은 악이 아닙니다. 밝음 속의 어둠과 어둠 속의 밝음은 서로에게 꼭 필요한 존재입니다. 조그만 꽃잎에도 그림자가 지고, 드넓은 밤하늘에도 별은 빛나듯, 우리는 가끔 눈을 감고 어둠을 기다려야 합니다. 어느덧 편안하고 차분해진 당신의 마음과 저의 마음을 서로 헤아려볼 시간입니다.

하나를 버릴 용기

하나를 가지면, 하나를 버릴 수도 있어야 합니다. 하나를 가지고도, 또 하나를 더 가지려고 하는 이들이 너무 많습니다. 사람의 욕심은 끝이 없다고 하지만 해도 너무한다는 생각이 듭니다. 음식도 먹을 수 있을 만큼 실컷 먹었다면, 나머지는 가질 수 없어서 먹지 못하는 이들에게 나눌 줄도 알아야 합니다. 하지만 어찌 된 영문인지, 음식물 쓰레기가 넘쳐나는데도 나눌 줄을 모릅니다.

불경기가 지속되면서, 학비를 스스로 벌어서 학교를 다니는 학생들이 늘어났지요. 대학생들이 요즘 가장 선호하는 아르바이트가 편의점이라고 합니다. 손님이 없는 시간에 공부도 할 수 있고, 냉난방 시설이 잘되어있어서 근무환경이 쾌적한 이유가 제일 크겠지요. 그 외에도 넉넉하지 못한 자취생들은, 유통기한이 지난 간식들도 부수적으로 챙길 수 있어서 선호한다고 하더군요.

자취생들에게 가장 힘든 부분은 먹거리를 해결하는 일이지요. 편의점은 이를 다소 해결해주니 더할 나위 없이 좋겠지요. 그런데 일부 편의점 주인은 '본사방침'을 내세워 이마저 아르바이트생이 가져갈 수 없게 한다는군요. 돈을 지불하고 판매를 하는 제품은 당연히 유통기한을 지켜야지요. 하지만 하루 정도 지난 것들은 대부분 먹어도 상관없지요. 눈앞에서 버려지는 음식들을 보는 가난한 학생들의 마음을 생각해보면 마음이 아픕니다. 편의점 주인은 주인대로 유통기한이 지난 음식이 만에 하나 상했을 때 문제가 생길 것을 우려할 수도 있겠지요. 그러나 대학생쯤 되면 상한 음식인지 아닌지 충분히 분간할 수 있습니다. 어떤 분은 이렇게 얘기합니다.

"요즘 대학생들이 어떤지 아세요? 조금만 부당하다고 생각되면 바로 핸드폰으로 촬영하고 노동청에 신고해요. 그런 애들을 어떻게 믿고 줘요? 만약 다른 불만이 생겨도, 유통기한 음식을 줬다고 인터넷에 올릴걸요?"

듣고 보니 그럴 수도 있겠습니다. 도대체 어디서부터 잘못된 것일까요? 배고픈 학생들의 눈앞에서 폐기처분되는 먹을 만한 음식들에 대한 서운함이 먼저일까요? 베풀어주고 불안에 떨 바에야 차라리 버리는 것이 낫다는 단호함이 먼저일까요? 점점 각박해져 가는 요즘, 서로 조금만 더 따스한 마음으로 바라보면, 한결 아름다운 세상이 될 텐데 말이지요. 서로에 대한 믿음 하나를 가지기 위해서는, 불안한 마음 하나쯤 버릴 수 있는 용기도 필요합니다.

강을 건널 때

태영이는 열한 살 난 사내아이입니다. 생각이 어찌나 기발한지, 매번 감탄을 하게 합니다. 진지함이라고는 찾아볼 수 없을 정도로 밝은 아이지요. 태영이가 스티븐 스필버그 감독의 영화 〈A.I〉를 보고 나서 "내 생애 처음으로 눈물이 찔끔 나왔어요."며 감상평을 엄마에게 남겼다고 합니다. 그 이야기를 전해 들으며 "태영이가 제대로 이해했네." 하며 미소 짓다가 문득 다른 영화 한 편이 떠올랐습니다.

바로 스파이크 존즈 감독의 영화 〈그녀(HER〉입니다. 두 영화의 공통점은 인공지능을 겸비한 로봇이 인간과의 관계를 형성하고 결별하는 내용을 다루고 있다는 점입니다. 〈A.I〉가 '진짜 소년'이 되고 싶은 아이로봇의 이야기라면, 〈그녀〉는 인간과 사이보그가 전화라는 매체를 통해 소통하는 과정에서 '진짜 사랑'을 원하는 주인공을 다룬 영화입니다. 일부 장면들이 다소 선정적인 부분이 있어서, 지금은 볼 수 없지만 태영이가 성인이 되면 꼭 권해주고 싶은 영화입니다. 그때도 아마 '눈물이 찔끔 나올 수 있다.'고 자신합니다. 이 영화를 권하는 가장 큰 이유는 인간이 인간을 대하는 '진솔함'이 삶의 이유임을 깨닫게 해주기 때문입니다.

어른들은 아이들의 생각을 모두 '아는 척'을 합니다. 이것은 착각이고 거만이지요. 지금의 아이들은 어른들이 지나온 과거와 똑같은 미래를 걸어가는 것이 아닙니다. 과거가 반복되는 것이 아니라 새로운 미래를 걸어가고 있는 것뿐입니다. 물론 당신에게도 어린 시절이 있었겠지요. 그럴수록 겸손할 줄 알아야 제대로 '어른'입니다.

어른의 역할은 아이들에 대한 '관심'이지, '간섭'이 아닙니다. 아이들은 어른의 과거가 아니니까요. 노파심(老婆心)은 이해하지만 그 이상은 자만입니다. 강물을 건너기 전에 해야 할 말이 있고, 발을 담근 채 해야 할 말이 있고, 강을 건너가서 해야 할 말이 있습니다.

강은 그대로지만, 강물은 늘 새로운 물결입니다. 우리가 건너온 강물은 이미 흘러갔지요. 요즘 아이들의 도강(渡江)에 조언은 할지언정, 지시나 명령은 섣부른 행동입니다. 우리의 아이들이 무사히 인생의 강을 잘 건너갈 수 있도록 응원과 격려를 보내는 것이 어른의 일입니다. 아침마다 마주하는 태양이 질 때마다, 아름다운 붉은 노을로 내일을 응원하듯 말이지요.

다시 시작하는 일

이혼하기 전에 가장 크게 고민하는 부분이 '자녀 양육문제'라고 합니다. 자녀들에게는 가슴 한쪽을 도려내는 일이기도 하지요. 많은 고심 끝에 내린 결정이었을 테니, 이미 헤어진 분들을 나무라고자 하는 것은 아닙니다. 그럴만한 사정들이 있겠지요. 다만, 어른들의 결정에 따를 수밖에 없는 아이들에 대한 배려를 잊어서는 안 되겠지요.

이혼하는 과정 중에 유일하게 아이의 의사를 구하는 대목이 '엄마와 아빠 중에서 누구랑 살고 싶어?'가 전부입니다. 최악의 경우에는 아이가 원하지 않는 한쪽과 살아가야 하는 경우도 있습니다. 사랑해서 만난 두 분이 헤어지기까지 얼마나 많은 아픔과 갈등이 많았을까요. 하지만 더 큰 아픔과 고통을 겪어야 할 아이들을 다시 한 번 생각해서 신중하게 결정해 주길 바랍니다.

이혼하기 전에 무엇보다 두 분이 사랑했던 기억들을 떠올려주었으면 좋겠어요. 그래도 헤어져야겠다면 헤어져야지요. 가장 가슴 아픈 일은 주위의 반대를 무릅쓰고, 힘들게 결혼한 분들의 이혼입니다. 공교롭게도 그런 분들이 이혼하는 경우가 의외로 많다고 합니다. 이유는 기껏 어려움을 이겨내고 결혼했는데, '결혼생활이 겨우 이런 거였어?'라는 실망이 크기 때문이랍니다.

어른들의 잔혹동화가 아이들의 희망을 하나둘 빼앗아가는 일일 수도 있습니다. 한 여성분이 한 번의 상처를 보듬어줄 사람을 만나서 재혼한다고 합니다. 다행한 일입니다, 남자 분에게는 두 아이가 있다고 합니다. 그녀는 그의 아이들을 가슴으로 받아들일 준비가 되었다고 합니다. 그리고 아기를 갖지 않기로 두 분이 약속했다고 합니다. 아기를 가지면 두 아이에게 사랑을 듬뿍 줄 수 없을까봐 그렇게 결정했다고 합니다. 가슴으로 낳은 아이들이 '내 아이'가 되기까지 많은 시간들이 필요하겠지요.

이미 한 번의 아픔을 겪은 두 분이 행복하길 기도합니다. 새로운 엄마를 맞이하는 두 아이는 몇 배나 더 행복하길 기도하고 또 기도합니다.

모독(冒瀆)

어떤 경우에도 서로에게 모독을 주어서는 안 됩니다. 모독(冒瀆)은 무서운 말입니다. 자기 몸이 더럽혀지는 것을 불사하고 상대를 욕보이는 행동이니까요. '너를 망칠 수만 있다면, 나는 어떻게 되어도 상관없어!'라고 마음을 먹는 것입니다. 특히 사랑하는 사람에게 모독을 주어선 더욱 안 됩니다. 그 상처는 쉽게 지워지지 않으니까요.

주변 사람들로 인해서 그런 경우도 많이 벌어집니다. 사랑하는 '그녀'가 없는 자리에서 다른 사람들이 '그녀'를 놀리거나 험담하는 것에 동조하지 마세요. 가만히 있어서도 안 되지요. 묵시하거나 방관을 하는 것도 동의하는 셈이니까요. 그들과 부딪치기 싫어서 침묵하는 사람은 사랑할 준비가 안 된 사람입니다.

사랑하는 이의 명예는 당신이 지켜주어야 합니다. 그녀가 나중에 전해 들었을 때, 다른 사람들의 반응은 궁금하지 않습니다. 오직 당신이 그녀를 위해서 어떻게 행동했는지에만 관심을 가질 테니까요. 그녀가 사랑하는 이는 당신이지, 그들이 아니니까요.

당신이 가장 사랑하는 '그녀'를 모독할 수 있는 사람들은 '당신'도 모독할 수 있는 사람들입니다. 가치가 없는 사람들이지요. 사랑은 지켜주는 용기가 필요합니다. 당신과 그녀의 명예를 모두 지켜줄 수 있어야 합니다. 물론 그녀가 옳지 않은 언행이나 판단을 했을 때는 망설이지 말고 충언도 해주어야 합니다. 그로 인해서 약간의 언쟁이 벌어지는 것을 두려워하지 마세요. 옳은 것이 어떤 것인지 모두 알고 있으니까요. 대신 세상에서 가장 부드럽고 조용한 어조로 이야기해주세요. 격앙된 어조는 듣는 이의 마음을 불안하게 하고, 진실이 왜곡될 수도 있으니까요.

그냥 안아주기로

아무 말 없이 친구 혹은 연인이 다가와서, 어깨에 기대고 울기만 하면 "무슨 일이야?"라고 묻지 마세요. 그냥 포근하게 안아 주세요. 궁금한 걸 물어보는 순간 그 사람은 다시 힘든 기억을 떠올려야 하니까요. 당신은 정말 고마운 사람입니다. 아무 말도 하지 않지만, 모든 것을 이해해 주는 사람입니다. 그래서 당신은 소중한 사람입니다.

눈물을 흘리는 그녀에게 필요한 건, 그 눈물을 닦아줄 사람이 아닙니다. 어깨를 토닥여주는 사람도 아닙니다. 마주앉은 그녀의 눈동자에 비친, 바로 당신입니다. 어떤 어려움에도 흔들리지 않는 단 한 사람이지요. 당신의 눈에 비친 그녀의 손을 잡아 주세요. 설사 당신으로 인해 힘들어한다고 해도 화를 내지 마세요. 당신의 따스한 마음을 아직 잘 모르는 안타까운 사람이니까요. 그녀에게는 시간이 필요합니다.

미안할수록 더 그리워지고, 만날 시간이 부족하면 더욱더 그리워지는 것이 사랑이지요. 사랑은 가끔 지나치게 욕심을 부리기도 하지만 떼를 부릴 때는 그만한 이유가 있거든요. 굳이 말을 하지 않아도 알 수 있는 것이 있습니다. 사랑이 당신에게서 떠나갈 때입니다. 사랑하는 사람의 눈 속에 더 이상 당신이 없다는 것을 깨닫는 건 어렵지 않은 일입니다.

미안하면 미안하다고 이야기하고, 그리우면 그립다고 말을 하세요.

이별 후에 더 깊은 그리움에 빠지지 않으려면 반드시 그렇게 하세요. 그리움이 사무치면 사랑에 대못을 치기도 합니다. 그렇다고 젊은이들의 사랑에서 풋풋한 치열함이 없다면 실망스럽습니다. 가끔 실수도 좀 하고, 다투기도 하면서 사랑을 배워가야 하는데, 요즘 합리적인 청년들이 너무 많은 것 같아요. 많은 것들을 포기할 수밖에 없는 현실이 그렇게 각박하게 만드는 것 같기도 합니다. 기성세대로서 너무 미안하고 죄송합니다. 사랑할 때 주었던 선물을 돌려주지 않는다고 폭력을 행사했다는 소식을 접했을 때, 가슴이 덜컥 무너져 내렸습니다. 사랑, 이 세상에서 사랑이 모두 떠나버린 것처럼 말입니다.

구들장의 위로

살아가면서 한 사람과의 관계가 소원해지면, 그 몇 배의 수에 해당하는 사람들도 잃게 될 수 있습니다. 그러니 한 사람, 한 사람과의 관계에 신중을 기해야 합니다. 가령 A와 다투고 나면 A와 함께 알고 지낸 사람들까지 본인들의 뜻과는 상관없이 '당신과 A를 두고 선택해야 하는 고민'을 하게 됩니다. 물론 따로따로 관계를 유지하는 경우도 있지만, 드문 일이지요. 무조건 모든 이들과 잘 지낼 수는 없습니다. 인정하기 싫지만, 정말 상종(相從)하기 싫은 사람도 있게 마련이거든요. 그래서 유유상종(類類相從)이란 절대 불변의 진리가 통용되는 가 봅니다.

구들장의 매력은 군불이 다하여도 온기가 한동안 지속된다는 것이지요. 사랑도 그랬으면 좋겠습니다. 한순간에 달아올랐다가 한순간에 식어버리는 사랑이 아니라, 뜨거운 마음이 다하여도, 은은하게 오랫동안 데워주는 그런 사랑이면 좋겠습니다. 요즘 많이 쓰이는 전기장판은 스위치만 끄면 금방 식어버리지요. 한 단계 더 나아진 기술이 두 군데로 나뉘어져 각자의 스위치가 장착된 형태더군요. 이젠 '함께'가 아니라 각자의 취향에 따라 '따로'하는 사랑이 유행하더군요. 그래도 전 구들장이 좋아요.

사랑은 세상 모든 규제와 통제로부터 멀어질수록 깊어간다고 믿어요. 법을 비롯한 세상의 약속들은 다른 사람들에 대한 편리와 배려에서 만들어진 것이라고 생각합니다. 극장이나 공원 등의 공공장소에서 지나친 애정표현을 자제하는 것도 그런 의미에서라고 보면 되겠지요. 하지만 사랑에 조건이 있어서는 안 되겠지요. 이것 때문에, 저것 때문에 라는 생각이 드는 순간 이미 사랑은 사랑이 아닙니다. 사랑은 간혹 답답할 정도로 융통성이 없고 막무가내인 경우가 많으니까요. 여기에 조건까지 더해진 사랑이라면 그게 사랑일 리가 없잖아요?

오늘은 제가 당신을 위로해 줄 차례입니다. 어디서부터 위로해 드릴까요? 아, 아니군요. 사과를 먼저 드려야겠어요. 여태까지 당신을 잊고 지낸 부분에 대해서 사과부터 할게요. 그것만으로도 당신은 충분하다는 걸 알고 있지만, 그래도 당신에게 위로라는 걸 해 드리고 싶었어요.

어디서부터 위로를 할까요? 당신이 저를 만난 순간부터 시작할까요? 아니면 당신에게 함부로 상처를 준 것부터 위로를 해야 할까요. 당신에게 단 한 번도 위로가 되어 주지 못했지만, 오늘은 당신에게 작은 위로라도 꼭 건네고 싶습니다.

분노의 시차(時差)

사과는 빠를수록, 분노는 느릴수록 좋은 거라고 생각해요. 잘못한 일이었음을 인정하면서도, 자존심 때문에 사과를 망설이는 동안에, 상대의 분노는 풍선처럼 커져만 갑니다. 바로 사과를 했더라면, 아무렇지도 않게 지나갈 일들이 많지요. 반면에 분노는 늦어질수록 관계의 악화를 막을 수 있습니다. 지나친 분노가 실수를 유발하는 경우도 있기 때문입니다. 그렇게 되면 또 다른 사과를 해야 할 일이 생기게 마련입니다.

우리는 사과와 분노의 시기를 역배열 함으로써 여러 가지 상상을 초월하는 분쟁에 휩싸이기도 합니다. 법정에서 벌어지는 다툼들의 대부분은, 대개 이 둘의 시차로 인해 생기는 경우가 많으니까요. 아파트에서 거주하는 이웃들이 층간소음으로 인해서 분쟁이 일어나는 것도 서로 간의 대화가 부족한 탓이 제일 큽니다. 당신이 사과할 일이 있다면, 지금 하세요. 당신이 망설이는 동안에 상대는 걷잡을 수 없이 분노한 모습으로 변해가니까요.

용서하는 자와 구하는 자

'용서'는 용서하는 자와 용서를 구하는 자의 노력이 모두 필요합니다. 어느 한쪽이 기울어지면 절대 나아질 수 없는 관계이기도 하지요. 용서를 구하는 자가 용서하는 자에게 용서를 강요할 수는 없는 일임에도 불구하고, 용서해 주지 않는다고 불평하는 경우는 허다하지요. 이를 넘어서서 오히려 용서해주지 않는다고 폭언을 일삼는 웃기는 경우도 있다지요.

누구나 실수라는 것을 하지만 용서를 구하는 경우는 의외로 드뭅니다. 누구나 하는 실수니까 그냥 넘어가 주길 바라기 때문이지요. 그건 단지 본인의 희망일 뿐이지요. 상대에겐 상처가 그대로 남아 있을 테니까요.

용서는 용서를 낳습니다. 잘못이 크면 클수록 확산효과는 더욱 크답니다. 가령 당신이 용서받지 못할 잘못을 저지르고 용서받아본 경험이 있다면, 누군가 다른 사람이 당신에게 잘못을 저질렀을 때에도 용서할 가능성이 높지요. 이유는 간단합니다. 감동을 받기 때문입니다. 마음에 여유가 없는 사람은 용서라는 것을 할 수가 없습니다. 본인에게 관대하고 타인에게 혹독한 사람도 마찬가지지요. 하지만 용서를 하는 데에도 용기가 필요합니다. 처음 용기를 내서 용서를 하고 나면, 그다음부터는 용서가 훨씬 쉬워집니다. 용서가 많아지면 잘못이 줄어드는 것은 세상의 이치입니다. 진리지요.

힘내세요!

오늘은 당신도 저도 힘든 하루였지요. 기대가 하나하나 무너질 때는, 그야말로 눈앞이 캄캄합니다. 막막한 하루는 안개처럼 희미하게 우릴 불안하게 하지요. '희망'을 내려놓으면, 살고 싶은 의지조차 희미해져 갑니다. 이미 이를 경험해본 우리는 이제 편안한 마음으로, 실망하지 않을 만큼만 기대하기로 해요.

절망은 희망을 버리는 것이지만, 희망은 최소한의 불씨를 간직하는 것이지요. 저도 희망은 시(詩)에만 꼭꼭 숨겨두기로 했습니다. 슬픔과 절망의 옷을 입고 있어도, 끝내는 '희망'임을 기억해 내기 위해서지요.

저와 같은 아픔을 겪어본 당신에게는 어떻게든 희망을 건네고 싶어요. 삶의 의지는 살아가는 자들의 의무입니다. "힘내세요." 이 한마디는 가지고 있던 힘을 내 보라는 의미가 아니라, 없던 힘을 내보라는 의미입니다. 그래서 이 한마디는 수많은 '불가능'을 '가능'하게 합니다. 오늘도 지쳐있을 당신, 힘을 내세요!

돈? 돈!

사는 게 참 별거 없습니다. 아름다운 마음을 지키기에도 부족한 삶인데, 터무니없는 곳에 너무 많은 가치를 두고 있는 것 같습니다. 돈? 물론 필요하지요. 그렇지만 인생의 전부는 분명 아닐 겁니다. 돈을 머리에 이고 살아가는 건 마치 소금을 진 나귀를 타고, 다리를 건너다 물에 빠진 장사꾼과 다를 바 없지요. 돈으로 인해서 사람을 얻는 일보다 잃는 일이 더 많은 것은, 돈은 돈밖에 모르기 때문이거든요.

사람을 알고 인연을 알고 사랑을 하는 사람인 당신은 돈의 노예가 되어서는 안 됩니다. 재산을 모으기만 하고 쓸 줄을 모르는 사람을 일컬어 '수전노'라고 하지요. 알고 보면 수전노(守錢奴)는 정말 무서운 말입니다. 돈을 지키는 노예라는 의미지요. 이런 사람은 돈이 '돌'이어도 상관없는 사람입니다. 어차피 돈이나 돌이나 쓸 줄 모르니까요. 돈의 가치를 행복의 가치로 여길 뿐, 정작 본인은 행복을 모르는 사람이지요. 가난한 이웃에게 온정을 베풀 줄을 모르니 행복할 리가 없지요.

우리는 적어도 돈의 노예가 되어서는 안 됩니다. 그리해서 행복하다면 모르겠지만, 그럴 리가 없으니까요. 모일수록 더 많이 모으느라 노예가 되어 버리고 마는 것이지요. 부자들에게 무조건 적대감을 가진 이들도 많습니다. 굳이 모든 부자들에게 적대감을 가질 필요가 없는 것은, 굶주린 이들에게 가장 큰 도움을 줄 수 있는 사람도 그들이기 때문입니다.

부를 축적하는 방법은 다양합니다. 성실하고 근면하게 하루하루를 살아가면서 부자가 된 사람도 있고, 일확천금으로 돈을 모은 사람도 있지요. 당연히 전자의 경우에는 존경받아 마땅합니다. 후자의 경우는 드문 예이지만, 옳지 않은 방법으로 부자가 된 사람들까지 포함하면 수가 적지 않습니다. 부정(不淨)한 방법으로 사람들에게 해악을 끼쳐서 부자가 된 사람들은 사람들에 대한 존귀함을 가질 리가 만무합니다. 그래서 졸부(猝富)라는 말도 있는가 봅니다.

부자와 졸부는 구분하여야 합니다. 돈은 스스로 움직일 수 없고, 사람에 의해서 이동을 하고 모이기도 합니다. 혹자는 돈을 만유인력의 법칙에 비유하기도 합니다. 중력에 따라 아래로 떨어지고 모인다고 말입니다. 돈을 더 많이 가진 사람들에게 돈이 모이는 것은 지극히 당연하다는 거지요. 돈을 멸시하거나 경멸할 이유는 어디에도 없습니다. 돈은 마음을 갖지 못했으니까요.

당신은 오늘도 돈을 벌기 위해서 어딘가에서 열심히 일을 하고 있을 테지요. 저도 그러합니다. 성실한 우리들은 일확천금을 꿈꾸지 않아도 좋습니다. 비록 크지 않은 돈이지만, 가족들이 오손도손 따스한 밥상을 함께 할 수 있고, 가끔 좋은 친구들과 막걸리 한 잔 살 수도 있으니까요. 그리고 이렇게 당신에게 말 한마디 건넬 수도 있으니까요. 그런 의미에서 우리 약속할까요? 부자가 되더라도 사람을 무시하는 졸부 따위는 되지 않기로 말입니다. 다시 한 번 강조하지만 '돈은 무죄'이고, 돈을 가진 사람의 나쁜 마음이 '유죄'입니다.

호박과 수박

"호박에 줄을 긋는다고 수박이 되냐?"

사람들이 못난 외모를 두고 놀릴 때 쓰는 말입니다. 물론 수박에 줄을 지운다고 호박이 되지도 않겠지요. 얼굴 생김이 마음에 안 들면, '폭탄'이라는 표현도 서슴지 않습니다. 일대일(一對一) 방식의 소개팅에서는 별문제가 없지만, 다대다(多對多) 방식의 미팅에서는 이른바 '폭탄제거요원'이 등장합니다. 다른 사람들을 위해서 용모나 행동이 가장 열악한 폭탄(?)과 일부러 짝이 되는 사람을 일컫지요. 대신 그날 폭탄제거요원의 비용은 나머지 멤버들이 지불하는 방식이지요.

사람을 폭탄이나 오징어 따위로 비유하는 것은 옳지 않습니다. 하지만 현실은 다르지요. 중간은 가야 회사에 원서라도 접수해 볼 수 있으니까요. 공무원이나 그 밖의 특수직종을 제외하면 직원을 뽑는 모집광고에서 '용모 단정한 자'가 기본입니다. 용모의 기준은 무엇일까요? 바르고 가지런한 모습을 단정(端正)이라고 하는데, 그럼 못생긴 분들은 불량한 자가 됩니다. 그 불량한 자들이 성형수술을 통해서 단정한 자로 거듭나는 분들이 많다더군요. 연예인들도 과거시절을 뽐내는 사람들도 있지만, 성형 전 모습이 공개되어 사람들에게 회자되며 놀림을 받는 경우도 적지 않습니다. 누구도 예외일 수는 없습니다. '잘생긴 것이 착한 것이다'는 어느덧 상식이 되어버린 세상입니다. 남성들도 피부 관리는 물론이고 성형도 서슴지 않습니다.

기왕이면 다홍치마라고 했지요. 깨끗하게 옷을 입고 청결하게 관리를 해서 누가 봐도 반듯한 젊은이를 선호하는 것은 예나 지금이나 다를 바 없습니다. 굳이 외모보다 마음이 더 소중하다는 언급은 와 닿지 않습니다. 외모를 갖춘 마음에 더 가치를 두니까요. 마음이 제아무리 반듯해도 외모에서 풍기는 이미지가 불량하면, 마음을 보일 기회조차 없습니다.

예전에는 '털털한 성격'이라고 하면 덕담이었지요. 오히려 멋을 부리면 '제비, 기생오라비' 등으로 놀림감이 되었던 시절도 있었습니다. 다 지난 이야기지요. 하긴 기왕이면 멋진 분들이 많아지면 보기에도 좋을 것 같긴 합니다. 잘생긴 시인들의 시집만 팔릴까봐 걱정입니다. 저도 줄을 그어야 할까요. 외모지상주의는 당분간 이 땅에서 쉽게 사라질 것 같지 않습니다. 이러다가 수박만 살아남을까 봐 걱정되긴 합니다만 기죽지 않습니다. 잘생긴 호박도 많으니까요.

해 그리기

해가 뜨기를 기다렸습니다. 여러 사람들과 행사나 모임으로 해돋이를 보러 갈 일은 드문드문 있었지만, 혼자 보러온 것은 난생 처음이었습니다. 처음은 언제나 설레는 일입니다. 늘 새벽에 깨어있지만, 뜨는 해를 보러 바다로 오는 일은 작정을 해야 가능한 일입니다. 게으른 제겐 쉬운 일이 아닙니다. 어둠으로 일렁이는 저 바다 위로 떠오르는 해를 기다리는 순간은 경건한 마음까지 듭니다.

새해가 아니어서 저 멀리 몇몇 사람이 보일 뿐, 호젓한 바다입니다. 낡은 어선 두어 척이 선잠에 뒤척이더니 주위가 밝아옵니다. 이슥고 온 바다를 붉은 대지로 물들이며 장엄하게 해가 떠오릅니다. 대자연의 비장한 일상은 언제나 우리에게 겸손을 일러 줍니다.
한 치 앞도 볼 수 없는 자가 우주의 질서를 거스르며 얻는 것은, 기껏 한 줌도 안 되는 욕망의 소출일 뿐이지요. 위대한 일을 하려는 이들이 자연을 자주 접해야 하는 이유는 여기에 있습니다.

천국과 지옥

한쪽 다리가 불편한 아버지와 시력을 잃어버린 어머니 사이에서 예쁜 딸이 태어났습니다. 그 아이는 똑똑했을 뿐만 아니라, 교우관계도 너무 좋아 반장을 놓쳐 본 적이 없었지요. 이런 딸이 너무 자랑스러웠지만, 부모님은 동네 사람들에게 자랑 한번 제대로 해본 적이 없었습니다.

혹시나 사람들로부터 딸이 놀림을 받을까 봐, 조그만 열쇠가게를 운영하는 아버지는 가게에도 못 나오게 했지요. 하지만 착한 딸은 하교하는 길에 언제나 아버지의 가게 앞에 멈춰 서서 손을 흔들어주고 지나갔지요.

그러던 어느 날, 심한 몸살과 감기로 아버지는 몸이 너무 아파서 일찍 가게 문을 닫고 집으로 향했습니다. 골목길로 들어서자, 딸아이가 친구들과 길에서 즐겁게 술래잡기를 하며 노는 모습이 보였습니다. 잠시 망설이다가 마침내 가게로 되돌아가려고 절뚝이며 돌아서는데, 뒤에서 큰 소리로 "아빠" 하며 부르는 소리가 들렸습니다. 돌아보니 딸아이가 달려오고 있었지요. 아이는 작은 팔로 아버지를 꼭 안았지요. 아버지는 혼잣말로 중얼거리며 눈물을 흘렸어요. "내가 아프면 안 되는데, 아프지 말아야 하는데" 하며 말이지요.

아픔을 함께 나누는 일은 작은 데서 비롯됩니다. 특히 몸이 아픈 사람은, 마음까지 다쳐서는 안 될 일입니다. 몇 년 전, 미국 캘리포

니아의 한 초등학생이 뇌종양을 치료하느라 삭발을 했지요. 이 어린 친구가 놀림감이 될 것을 걱정한 친구들 15명이 모두 삭발을 한 채, 등교한 사실이 화제가 되어 감동을 준 적이 있었습니다.

우리가 살아가는 세상은 크고 작은 아픔들이 있습니다. 질병이나 천재지변으로 몸을 상하게 하는 것은 우리가 막을 수 없을지 모릅니다. 하지만 마음을 다치지 않게 하는 것은 우리가 할 수 있지요. 우리는 서로의 마음을 다치게 할 어떤 권리도 없습니다. 오히려 다친 마음을 위로해줄 의무가 있을 뿐이지요.

천국과 지옥은 언제나 우리의 마음에서 비롯됩니다. 갇힌 공간에서도 어떤 사람은 꽃밭을 생각하며 미소를 짓고, 어떤 사람은 이 공간에 갇혀 있다는 것만으로도 지옥처럼 힘든 하루하루를 보내지요. 교도소나 그 밖의 공간에 갇힌 사람들은 하나같이 그곳을 벗어날 생각만 합니다. 갇힐 때는 갇힐 만한 어떤 이유가 있었겠지만, 그들에게 그것은 중요하지 않았습니다. 단지 지금 갇혀있다는 사실만으로 분노와 복수심만 키워갈 뿐이지요. 다행히 요즘은 그들에 대한 인권도 상당 부분 보호를 받는다고 합니다. 교화를 목적으로 한다면, 그들이 선한 사람이 되어 나올 수 있게 도와줘야 합니다. 그들을 위해서가 아니라, 우리를 위해서 필요하지요.
뜬금없지만, 재소자들에게 식물이나 반려동물을 키워보게 하는 것은 어떨까 생각해 봅니다. 본인 외에 누군가로부터 위로를 받고, 생명을 보살피는 것에서 선한 마음이 생길까 해서 말이지요. 한 번도 다른 생명을 책임져 보지 못한 사람이 있을 수도 있습니다. 그런 사람들에게 유기견이나 길고양이들을 보살피는 일을 맡긴다면, 모두에게 행복한 기적이 일어날 수도 있겠다는 생각이 들었습니다. 천국을 만들어가는 일에는 단 한 명의 열외도 두어서는 안 되니까요.

편견의 기울기

편견에 대해서 편견을 가지지 않는 것이, 편견을 대하는 우리의 자세입니다. 모순이지요. 편견은 공정하지 못하고, 한쪽으로 치우쳐진 생각입니다. 부정적인 의미가 강하지요. 어떤 이가 누군가를 평하면서 '첫인상이 너무 싫어'라고 말한다면 그건 그분의 편견입니다. 인상을 보고 사람을 평가하는 것은 옳지 않지요. 하지만 다시 생각해 보면 그분이 왜 그렇게 생각하는지가 궁금해집니다. 그분이 살아온 주관적인 생각에 대한 확신이라는 생각도 듭니다. 경험에 의해서 축적되어온 평가일 수도 있습니다. 여러분이 반드시 '그런 편견을 갖지 마'라고 이야기할 필요가 없다는 이야깁니다. 왜냐하면 여러분이 그분의 편견에 대해서 이견을 내는 것도 편견일 수 있으니까요.

정성들여 선물을 준비해 본 사람은 알지요. 누군가에게 무엇을 나눈다는 것이 얼마나 기쁜 일인지 말이지요. 사랑하는 사람뿐만 아니라, 알지 못하는 먼 나라에 살고 있는 굶주린 사람에게도 마찬가지입니다. 단돈 만 원이면 지구촌 어느 곳에서는 이십 명의 아이들이 한 끼를 해결할 수도 있다고 합니다. 생각해보세요. 굶주림의 고통이 어떤지를 경험해 본 사람은 생생하게 기억합니다. 내장이 뒤틀려 쓴물이 올라온다는 것을요.

수학은 철학입니다. 고대에는 철학자가 수학자였고, 과학자이기도 했지요. 철학은 사람과 세상의 근본을 연구하는 학문이지요. 수

학도 단순한 숫자놀음이 아니지요. 내 것을 더 채우기 위해서, 다른 사람의 것을 뺏는 학문이 아니라, 내가 가진 것을 나누는 학문입니다. 하나의 빵을 여럿이 효율적으로 나누어 먹을 수 있는 학문이지요. 빵 하나를 내가 혼자 갖기 위한 학문이 아니라는 거지요. 우리도 이제 철학자가 되어 보기로 해요. 기울지 않는 따스한 마음 하나면 충분하니까요.

참과 거짓

우스갯소리 하나 해 드릴게요. 어떤 노인이 이비인후과에 들렀답니다. 의사가 "보청기를 하니까 가족분들이 좋아하시죠?" 그랬더니 노인은 "보청기를 하고 있다는 얘기를 가족들에게 일부러 안 했지. 그랬더니 가족들이 하는 얘기들을 들으면서 유언장을 세 번이나 고쳤네." 하고 말했습니다. 노인과 의사는 마주보고 씁쓸한 미소를 지었다고 합니다.

우리가 원하건 원하지 않건 다른 사람에 관한 이야기를 하거나 듣게 되지요. 그중에 좋은 이야기도 있을 테고, 나쁜 이야기도 있겠지요. 뒷담은 대부분 나쁜 쪽이 많긴 하지만요. 다행스러운 건, 당사자들이 직접 들을 수 없다는 거지요. 하지만 명심하세요. 발 없는 말은 천 리도 가니까요. 노인이 그동안 보고 느꼈던 가족들에 대한 감정은 참이었을까요? 거짓이었을까요?

참과 거짓은 종이 한 장의 차이입니다. 그렇다고 참이 늘 참일 수는 없습니다. 물론 거짓 또한 언제나 거짓일 수는 없겠지요. 진실은 불변이라고 믿는다면 당신은 바보입니다. 당신이 알고 있는 그 진실은 누구에 의해서 알게 된 것일까요? 마음? 당신의 마음은 진실인가요? 지식은 어떤가요? 당신이 배웠던 모든 것들이 진리일까요? 당신은 거짓말을 하지 않나요? 만약 "나는 절대로 거짓을 행하거나 말하지 않습니다."라고 대답을 한다면 당신은 그야말로 지독한 거짓말쟁

이거나, 거짓말을 기억조차 못 하는 사람입니다. 믿음이 없는 세상을 살아가기가 두렵다고요? 아뇨, 그렇지 않습니다. 거짓말이 있어서 아름다운 진실이 더욱 돋보이는 것이지요.

누군가를 사랑하지 않는다고 부인하다가, 어느 순간 들켜버리게 된 진실은 얼마나 슬픈 아름다움일까요? 지켜보는 사랑은 사랑이 아니라는 말은 "모든 것에는 정답은 없다"라는 말만큼이나 모순적이지요. 정답이 없다는 것이 정답이라면 그 정답조차 틀린 정답일 테니까요. 오묘한 삶은 살면서 겪어가는 것이지, 감히 무언가를 규명하려 들 만큼 녹록하지 않습니다. 당신은 이게 문제고, 당신은 이렇게 살면 안 되고 따위의 말들은 본인 스스로에게 하시면 됩니다. 그 외에는 모두 거짓입니다. 하지만 제가 살아오면서 힘들었던 이야기나 이를 극복한 이야기들은 다른 분들에게 많은 도움이 될 수 있겠지요. 지켜보기만 하는 사랑도 사랑이랍니다. 그에게 아무것도 할 수 없지만, 행복하기를 바라는 마음이, 사랑이 아니면 무엇이 사랑이란 말인지요?

화폐사냥

새벽에 집을 나섰습니다. 누가 쫓아오는 것 같아 무심코 뒤돌아보니, 거대한 눈이 저를 지켜봅니다. 달이었지요. 살아오면서, 이리도 큰 달을 보는 건 처음입니다. 어두운 터널 끝의 한 줄기 빛처럼 보이는군요. 보름입니다. '태양의 꿈'도 좋지만, 눈부시진 않아도 누구나 마주볼 수 있는 저 '달의 꿈'도 그에 못지않은 새벽입니다. 오늘은 달과 함께 이 길을 걸어갑니다.

우리는 여태 사냥을 해왔지요. 원시사회에는 동물들을, 현대사회에서는 화폐를, 끊임없이 사냥해 왔지요. 차이가 있다면, 포획물의 분배겠지요. 원시에는 사냥에 참여한 사람들과 부족이 그 자리에서 공평하게 나누었다면, 지금은 기여도에 따라 몇몇 부류들에게 더 많은 배분이 이루어집니다. 물론 열심히 사냥해서 재산을 축적하는 데 성공하는 사람들도 많지만, 그렇지 않은 사람들도 많아졌지요.

지금은 배가 고플 일은 드문데도, 왠지 사냥감의 분배가 마음에 들지 않습니다. 부익부(富益富)와 빈익빈(貧益貧)은 어디서부터 시작된 것일까요? 어쩌면 사냥감의 유통기한이 원인일 수도 있겠네요. 원시시대에는 금방 사냥해온 먹거리들을 신속하게 분배할 필요가 있었지요. 보관이 어려웠던 당시에는 음식이 상해버리니까요. 반면 화폐는 반영구적으로 사용할 수 있는데다가 상속까지 가능하잖아요? 게다가 화폐는 미리 많이 사냥해놓으면 스스로 다른 화폐들을 사냥해서 곳간을 채워주기도 하지요. 은행이란 곳에 포획물을 맡기기도 하고 빌리기도 합니다.

화폐에도 유통기한을 정할 수 있다면 우리가 좀 더 행복해질 수도 있겠다는 뜬금없는 생각을 해 봅니다. 오늘도 우리는 사냥감을 찾아서 일터로 향하겠지요. 그래도 너무 욕심을 부리지 않기로 해요. '딱 먹고 살만큼'만 사냥하고 나머지는 나눠가지는 것이 오랫동안 함께, 더불어 행복할 수 있는 길이니까요.

욕심, 버리지 않으면, 반드시 더 큰 것을 잃어버리게 하는 마력이 있습니다. 욕심으로 채워진 것들은 언젠가는 잃어버리게 마련입니다. 그중에서 제일 큰 것이 사람이지요. 가족조차도 곁에 머무를 수 없게 하는 것이, 바로 그 욕심입니다. 하나를 가지면 둘을 가지고 싶게 하는, 그래서 끝닿는 곳이 없지요. 완전히 채울 수 없는 것도 욕심입니다. 어리석은 사람일수록, 점점 길들여지고, 자신조차 잃어버리게 만드는 것이 욕심입니다.

양심과 사실

여러 사람의 의견이 모여서 다수의 의견으로 '정'해졌을 때, 우린 의결되었다고 이야기합니다. 그렇게 의결된 뜻을 공표하는 것은, 민주사회의 기본적인 절차임에 분명하지만 그렇다고 해서 정해진 의견이 반드시 옳은 것만은 아니겠지요. 추후에라도 잘못된 의결이라는 것이 확인되었으면, 깨끗하게 인정하는 것이 중요합니다. 소수의 의견도 존중하는 것이 민주주의의 예의이기 때문이지요.

선거운동을 통해서 당선된 정치인들이 권모술수에 능한 것은 타고난 것이라 할지라도, 옳고 그름에 있어서 망설여선 안 되겠지요. '양심'과 '사실'에 바탕을 두어야 합니다. 양심을 저버린 '비판'과 '매도'를 저지르는 개인이나 집단은 '천벌'을 받아야 한다고 생각해요.

사람이 사람에게 내리는 벌에 대해서는 이미 무감해져 있는 그들에게는 하늘이 내리는 벌이 적절합니다. 천벌은 사람의 힘으로 가하는 것이 아니라, 말 그대로 하늘이 내리는 벌이지요. 요즘 천벌을 받아 마땅한 사람들이 점점 많아지고 있어서 우려가 됩니다. 천벌은 그 누구도 막을 수 없지요. 몸과 마음이 아픈 사람에게 공갈과 협박을 일삼는 무리들에게 천벌(天罰)은 피할 수조차 없다는 것을 그들은 알지 못합니다.

잘 가, 친구야

사람의 속내는 정말 알 수 없습니다. 얼마 전 저에게 큰 실수를 했던 친구가 저를 찾아왔습니다. '친구야!' 하며 마치 아무 일도 없었다는 듯이 말입니다. 엉겁결에 저도 '아, 그래. 왔어?'라고 인사를 했습니다. 그리고 금방 후회하고 말았습니다. 그 친구에게 단 한 번도 제대로 사과받은 적이 없었음이 떠올랐기 때문입니다.

사람과 사람은 어떤 절차를 통해서 만나기도 하지만 우연한 계기를 통해서 만나는 경우가 더 많지요. 어떤 사람을 만날 거라고 예상하고 나간 자리가 아닌데, 인사를 나누며 연락처를 주고받고 그러다 보면, 어느새 친한 사이가 되기도 합니다.

관계는 실망과 기대를 반복하며 익어갑니다. 기대가 크면 실망이 크다고 해서 기대를 안 할 수는 없는 노릇이지요. 어떤 경험이든 겪으면 겪을수록 '요령'이라는 게 생기는데, 사람만큼은 아무리 겪어보아도 매번 새롭습니다. 저도 나름 사람을 많이 가리고 만나는 축이라 경계심도 많고 겁이 많은 편입니다. 확실한 믿음이 가지 않으면 지속적으로 관계를 맺으려 하지 않습니다. 그런 제가 '네가 그럴 줄은 몰랐다.'라는 말을 하게 될 줄은 몰랐습니다. 막상 당해보니, 저도 모르게 저런 말을 하게 되더군요. 한때 사람을 믿어서 거액을 잃은 적도 있고, 보증을 서서 사람을 잃은 적도 있지요. 그 후로 조심하면서 살아왔는데도 아직 배울 것이 남았었나 봅니다. 상처가 아직도 채 가시지 않는 걸 보면요.

우리는 매일같이 누군가를 기억하고 누군가를 잊어버리며 살아갑니다. 오늘은 소중했던 한 친구를 잃었습니다. 이래저래 슬픈 날입니다. 사람들의 아픔을 노래하면서 자신이 더 아파했고, 하루하루 반성하면서 살아가는 겸손한 친구였습니다. 그런 그가 빗길에 차가 미끄러져 응급실로 옮겨졌다는 전화를 받았을 때만 해도, 그것이 마지막이 될 것이라고는 생각하지 못했습니다. 그리고 오늘 먼 길을 떠났다는 소식을 들었지요. 이렇게 허무할 수가 있을까요. 만약 그가 그의 죽음을 예견할 수 있었다면, 나눌 수 있는 것들을 모두 나눠주고 빈손으로 떠났겠지요. 하지만 그도 자신의 죽음을 예견하지 못했습니다.

안경 너머로 비친 그의 따스한 눈빛은 평생 제가 갚아 나가야 할 빚으로 남게 될 듯합니다. 노래하겠습니다. 더 아프고 힘든 이들을 위해서 노래하겠습니다. 아꼈지만, 지키지 못했던 그를 위해서 노래를 하겠습니다. 먼 길을 혼자 걸을 때와 둘이 걸을 때 거리감은 다르지요. 그리고 아무 말도 하지 않고 걸을 때와 대화를 나누면서 걸을 때도 다르지요. 혼자 살아가는 길이 더 멀고 지치기가 쉬운 것은 바로 그 이유 때문입니다. 혼자가 아니어서, 더 힘든 일도 참아 낼 수 있고, 견뎌낼 수 있었던 것처럼 말이지요.

우리는 혼자서 살아갈 수는 없습니다. '동행'이라는 아름다운 단어 속에는 소중하고 깊은 인연들의 의미가 숨어 있지요. 지금 당신의 곁에 있는 소중한 사람을 불의의 사고로 갑자기 잃어버릴 수도 있다는 것을 기억해야 합니다. 이런 일을 겪고 나면, 인연이라는 것이 얼마나 소중한 건지 매번 깨닫지만, 이미 너무 늦어버렸을 수도 있으니까 말입니다.

등대

등대가 되고 싶어요. 삶의 어두운 바다를 밝히는 등대처럼 누군가의 희망이 되었으면 좋겠습니다. 세찬 비바람을 이겨내고 꿋꿋하게 제자리를 지키는 등대가 되었으면 좋겠습니다. 폭우에도 불빛을 꺼뜨리지 않고 오롯이 젖어가는 사람이 되었으면 좋겠습니다. 제 몸이 젖지 않으면 세상을 밝힐 수 없는 등대가 되었으면 좋겠습니다.

우리는 누군가의 등대입니다. 등대처럼 젖었으면 좋겠습니다. 절망과 슬픔에 빠진 사람들의 손을 맞잡고 공감해줄 수 있으려면 당신은 등대여야 합니다. 스스로 젖지 않으면 세상을 밝힐 수 없으니까요. 저마다의 작은 희망들을 안전하게 뭍으로 이끌어 줄 수 있는 그런 사람, 바로 당신입니다.

우리는 누군가의 등대입니다. 다른 사람의 상처를 우롱하지 않고, 두 번 다시 상처가 덧나지 않도록 도와주는 일은 우리가 꼭 해야 할 일입니다. 지친 이들의 어깨를 토닥여주고 '괜찮다'고 안아주는 것이 함께 살아가는 우리들의 몫이니까요.

바닷바람에도 쓰러지지 않고, 육지의 끝자락에 우뚝 서서 사람들에게 용기를 줄 수 있는 등대여야 합니다. 멀고도 먼 항해를 하는 사람들에게, 쉴 곳이 멀지 않았다고 희망을 건네줄 수 있어야 하지요. 우리는 등대니까요. 멀리, 더 멀리 비춰주어서 불빛이 닿지 못하는 곳이 없도록 매일 불을 밝혀야 합니다.

하루하루를 살아가면서 방향을 잃은 어리고 여린 마음들에게 깜빡이며 주의를 알리기도 하고, 암초에 부딪히지 않도록 더 깊이 비추어 피해갈 수 있도록 도와주어야 합니다. 대부분의 사람들은 자신이 등대인 것을 잊고 살아갑니다. 그래서 불을 밝히는 것을 자주 잊어버리고 맙니다.

안타까운 일이지만, 바다 위로 자신의 배만을 띄우려고 하는 사람들이 대부분이지요. 조금 더 큰 배를 말입니다. 어제보다 오늘, 오늘보다 내일 더욱 거대하고 커다란 배를 띄워 우쭐대고 싶은 사람들이 많습니다.

누구도 등대가 소중하다는 것을 모르는 사람은 없지만, 등대가 되려는 이는 그리 많지 않습니다. 밝고 환한 빛으로 세상의 어둠들을 밝혀 희망들을 뭍으로 인도하는 당신은 저의 밝은 등대입니다.

말로 다하는 사랑

사람이 사람을 좋아하는데 무슨 이유가 필요할까요? 그러나 사람이 사람을 미워하고 증오할 때에는 반드시 이유가 있어야 한다고 생각합니다. 미움을 받는 분이 그 이유조차 모른다면 얼마나 억울할까요? 미워할 때는 한 가지 이유만으로는 부족합니다. 적어도 수 개의 이유를 가지고 미워해야 합니다. 당신은 적어도 그런 사람이어야 합니다. 자신을 제외한 모든 사람들에게 적개심을 가지는 분들을 보면 안타까워요. 이런 사소한 것들조차 모르는 사람에게 사랑을 이야기한들 그 또한 무슨 소용이 있을까요.

'당신'에게 상처를 주었다고 해서 그 사람의 사랑이, 사랑이 아닌 건 아닙니다. 사랑이었지만, 사랑이긴 하였지만, 지금 이 순간 당신을 미워하고 증오하고 있다고 해서 그 사람이 당신에게 상처를 주었다고 해서 사랑이 아닌 건 아닙니다. '사랑한다면 어떻게 내게 그럴 수 있어?'라는 말, 듣거나 해 보셨나요? 사랑하니까 그럴 수 있는 겁니다.

사랑을 하면서 제일 많이 착각하는 것 중에 하나가, 말을 하지 않아도 모두 알 것이라고 여기는 일입니다. 그래서 '말을 꼭해야 알아?'라고 하지요. 네. 말을 꼭해야 압니다. 사랑은 두 사람이 바라보는 것이지. 두 사람이 한 사람이 되는 것은 아니니까요.

"이젠 그만해. 지겨워! 언제까지 이런 거짓된 사랑놀이 할래?"라고 소리쳐 본 적 있나요? 그건 사랑이 거짓이어서 지겨운 것이 아니라, 사랑이 아니기 때문입니다. 만약 사랑이라면 거짓조차 눈에 보이지 않기 때문이지요.

한때 사랑을 두고 설왕설래하는 사람들도 많았고, 그 사랑이 옳은지 그른지조차 논하는 사람들도 있었지만, 중요한 건 별다르지 않았다는 것입니다. 당신이 가졌던 사랑과 크게 다르지 않았다는 것입니다. 그게 사랑이라는 것이지요. 당신보다 더 힘든 사랑을 그들이 했을지라도 말입니다.

사랑은 계획적이지 못하지요. 이런저런 사랑을 하겠다고 해서, 반드시 그렇게 된다면, 사랑을 두고 '어려운 것'이라고 말하지 않겠지요. 그래서 사랑은 용기를 필요로 합니다. 말로 다하는 사랑 누가 못할까요? 정작 사랑하게 되면 가슴이 떨려, 어떤 말도 꺼내기가 힘이 들지요. 그게 사랑이니까요.

사랑은 용기입니다. 말로는 사랑한다고 하면서도, 정작 사랑하기로 마음을 먹고 나면, 무엇부터 해야 할지 막막한 것도 사랑입니다. 떡볶이를 먹다가도 그녀의 옷에 양념이 튈까 손수건을 덮어 주는 일, 사랑의 시작입니다. 사랑은 사소한 것으로부터 시작합니다.

약속은 아무 소용없는 일입니다. '아프지 않게 해줄게', '너만을 생각할게' 따위의 말은 누구나 할 수 있습니다. 지키는 것이 힘든 일이지요. 말로만 다하는 사랑, 누가 못할까요. 사랑하라고? 한 번도 사랑해보지 않은 것처럼? 글쎄요. 그게 가능한 일일까요? 사랑해 본 사람이 사랑해보지 않은 것처럼 사랑하는 것이 가능할까요.

때려본 사람은 때리지 않는 척할 수 있어도, 맞아본 사람은 맞지 않은 척할 수는 없을 것 같아요. 사랑은 때리고 맞는 일은 아니겠지만요. 적어도 한 번도 아파보지 않은 것처럼 사랑하는 것은 힘들지 않을까요? 마음을 다쳐본 사람은 알지요. 상대가 우울한 표정으로 고개만 숙여도, 혹시 나를 떠날까봐 두려워진다는 것을요. 그러니까 함부로 사랑을 말하지 말아요.

4

—

구두 두 켤레

미칠 듯이 외로울 때

미칠 것만 같은 외로움을 표현하는 데 탁월한 사람들은 그렇지 못한 이들보다 빨리 그것으로부터 벗어날 수 있습니다. 왜냐하면 그들은 다른 이들과 소통할 수 있는 방법을 이미 알고 있기 때문입니다. 외로운데, 너무 외로운데 그것조차 다른 이들에게 털어놓지 못하는 이가 절대고독으로 이어질 가능성이 크지요.

절대고독은 '나'의 존재까지 부정할 수도 있기 때문에 위험하기 그지없지요. 외롭다고 이야기할 수 있는 사람보다, 이야기조차 못 하는 사람들을 우리는 지켜보아야 합니다. 어쩌면 우리들의 이야기가 될 수도 있기 때문이지요.

가끔 이렇게 힘든 시간을 당신 혼자 보낸다는 것이 너무 가혹하다고 느껴질 때가 있지요? 누구 하나 연락할 곳이 생각나지 않을 수도 있습니다. 그러니 너무 힘들고 지칠 때, 마음을 나눌 한 사람은 꼭 곁에 둘 일입니다. 당신의 모든 것을 다 걸어도 반드시 해야 할 일입니다. 미칠 듯이 외로울 때 혼자라면, 정말 미칠지도 모르니까요.

삶은 여행

더 높은 곳으로 오를 때에도, 더 낮은 곳으로 내려갈 때에도 꼭 필요한 것은 사다리입니다. 전선을 수리하기 위해서 전봇대를 오를 때에도, 맨홀 뚜껑을 열고 지하로 내려가서 공사를 할 때에도 사다리를 사용합니다. 관계도 마찬가지입니다. 사람과 만나고 헤어지기 위해서도 사다리가 필요합니다. 계단도 사다리와 마찬가지입니다. 육교와 지하도를 모두 계단으로 오르내리지요. 이 둘은 만나게도, 헤어지게도 하는 중요한 도구가 됩니다.

매일 누군가 오르내렸을지도 모를 계단을 당신과 저도 오르내립니다. 높은 위치로 올랐을 때나, 낮은 곳으로 추락했을 때도 한때 평지에서 서로 마주보고 있었음을 잊어서는 안 됩니다. 사람과 사람의 관계에서 격을 두면 쉬 피곤해집니다. 먼 거리를 여행할 때 창밖으로 지나치는 가로수를 보면 눈이 쉽게 피로해지듯이 말입니다. 차라리 먼 산을 바라보면 눈의 피로가 덜하지요. 빠르게 지나치는 것들은 하루하루의 일상과 크게 다르지 않겠지요.

가로수 한그루, 한 그루를 지나치는 일, 하루를 살아가는 일입니다. 먼 산을 바라보는 일은 인생을 바라보는 일이겠지요. 매일 짜증나는 일들을 곱씹지 말고, 내일 혹은 그보다 더 먼 미래에 대해 아름다운 꿈을 꾸어야겠습니다.

창밖으로 하얀 눈발이 날리거나 빗방울이라도 스쳐 지나가면 더 좋겠지요. 그러다 보면 어느새 당신과 저는 버스에서 내려야 할 때가 되겠지요. 아름다웠던 일생을 회상하면서 말이지요. 누구를 만나든 그 사람의 지위가 어떻든 평지에서 마주보고 대해야 합니다. 올려다보거나 내려다보면서 대화를 하면 서로에게 외롭고 피곤한 일입니다. 가정에서 아이와 대화를 할 때도 마찬가지입니다. 대등한 관계에서만이 진솔한 관계로 오랫동안 지속될 수 있으니까요.

발자국

비라도 내릴 것 같은 어두운 하늘입니다. 간밤에 짐승들이 무덤가에 발자국을 남겼습니다. 어떤 소식을 급히 망자에게 전해주려 했는지, 크고 작은 흔적들이 이곳저곳에 움푹 파인 채, 그대로 남아있습니다.

일곱 살 난 딸아이에게 아빠의 죽음은 낯설고 어색하기만 합니다. 저녁이 되어도 돌아오지 않는 아빠를 기다리는 일, 엄마가 가끔 아빠의 서재를 열어보고 눈물짓는 일, 사람들이 가끔 아이의 손을 꼭 잡고 혀를 차는 일, 아빠의 죽음은 그런 것이었지요.

"여보, 해인이 데려왔어요. 당신, 많이 보고 싶었지? 더 일찍 오려 했는데, 내가 무서웠어. 당신이 떠난 것이 정말일까 봐…… 미안해요."

엄마가 웁니다. 괜히 슬퍼져서 해인이도 따라 웁니다.

"엄마 울어? 아빠가 이 안에 있어? 땅 속에? 아빠가……."

아직은 차가운 삼월입니다. 산꼭대기에는 아직 잔설들이 드문드문 보입니다. 지난번에 고모에게 들어서 아빠를 더 이상 볼 수 없다는 것을 잘 알고 있지만, 막상 무덤 앞에 서니, 많이 슬퍼졌습니다. 이번에는 엄마를 따라서 우는 것이 아니라, 저절로 눈물이 흘러내렸습니다. 아이에게 아빠의 죽음은 너무나 큰 아픔으로 그렇게 남았습니다. 소나무에 내려앉은 까치는 진작부터 울었나 봅니다. 목이 쉬도록 구슬프게 울어댑니다. 아이는 작은 손과 발로, 무덤가에 남은 짐승들의 발자국들을 토닥토닥 다지며 하나씩 지웠습니다. 그제야 빗방울이 떨어집니다. 모두가 떠난 무덤가에 해인이가 조그만 제 발자국을 남겼습니다.

말장난

'장난으로 한 말에 죽자고 덤벼?'라고 말하는 사람들이 있습니다. 대개 사람들은 가벼운 말에 죽자고 덤비지는 않습니다. 덤빌 만하니까 덤비는 것이지요. '걸리면 장난이고, 넘어가면 다행이고' 라는 말도 있지요. 얼마나 무책임한 말인가요? 사소한 농담 한마디가 누군가에게는 큰 상처가 될 수도 있습니다.

가령 술 한 잔도 못 마시는 사람에게 '술을 안 마시는 사람은 인간미가 없지. 그런 사람은 상종하고 싶지도 않아'라고 말을 한다면 그 사람은 어떻게 받아들일까요? 선천적으로 알코올을 해독할 능력이 없는 사람은 졸지에 인간미가 없고, 상종도 못할 사람이 되어 버립니다. 이것이 농담일까요? 진담일까요? 그 말대로라면 알코올 의존성 환자는 가장 인간적인 사람임에 분명합니다. 담배를 못 피는 사람에게, 억지로 피우라는 것과 다르지 않습니다.

때로는 힘이 되는 말장난도 있습니다. '자살'을 거꾸로 읽으면 '살자'가 되고, '역경'을 거꾸로 읽으면 '경력'이 되고, '인연'을 거꾸로 읽으면 '연인'이 되고, '내 힘들다'를 거꾸로 읽으면 '다들 힘내'가 됩니다. 긍정적인 말장난은 삶에 활력소가 되어 주기도 합니다. 반대로 부정적인 말장난은 절망을 주기도 하지요. '살자'를 거꾸로 읽으면 '자살'이 되기도 하니까요.

진지하다고 해서 모두 옳은 것이 아니듯, 재미있게 표현을 한다고 해서 모두 잘못된 것은 아니랍니다. 오늘 우리 모두 긍정적인 말장난 하나쯤 생각해서 주위 사람에게 건네보는 것은 어떨까요? 촌철살인(寸鐵殺人)이라고 했습니다. 오늘, 우리 누구에게도 말로 상처 대신 힘을 주기로 해요.

구두 두 켤레

새 구두가 생겼습니다. 한번 사면, 십 년 이상을 거뜬히 신어서 너덜너덜해진 구두였지만, 버리기가 어렵습니다. 오래된 신발이 얼마나 편한지 아시죠? 부부동반으로 모임을 갔는데, 아내가 부끄러웠나 봅니다.

"아직 신을 만한데, 왜 새 구두를 사냐고!"

괜히 짜증을 부려봅니다만, 아내는 양보할 생각이 없어 보였습니다. 무엇보다 아내의 마음을 모르지 않는 탓에, 못 이기는 척하고 따라나섰습니다.

"꼭, 없이 사는 티를 내야 해? 요즘 저렴한 구두가 얼마나 많은데!"

구둣가게에서 이것저것 신어보고 하다가, '별로'라며 인터넷으로 주문하겠다고 했습니다. 저는 알고 있지요. 매장에서 파는 '저렴한 구두'는 드물다는 것을 말이지요. 며칠이 지난 뒤 집으로 택배가 왔습니다. 직감적으로 구두라는 것을 알아챘지요. 상자에서 꺼내니 윤기가 흐르고 가죽 냄새가 훅 배여 나왔습니다.

새 구두 냄새가 오랜만이라 기분이 좋아졌습니다. 아내의 성화를 핑계로 장만한 구두를 신어보니, 뒤꿈치는 예상대로 불편했지만, 환하게 아내에게 환히 웃어주었습니다. 다음날 아는 분의 결혼식에 보란 듯이 새 구두를 신고 길을 나섰지요. 새 신발과의 소통은 처음부터 달갑지 않았습니다. 뒤꿈치에 물집이 잡혀서 터지는 바람에 걸을 때마다 쓰라렸습니다.

새로운 것은 언제나 이렇게 낯설고 어색합니다. 워낙 익숙한 것들을 좋아하는 저의 유별남 때문에 주변 사람들이 부끄러워질 일을 만들어서는 안 되겠다 싶었지만, 불편하니까 자꾸 아내가 진작 버렸을 낡은 구두 생각이 간절했지요. 밑창이 떨어지면 갈아서 신으면 된다고 했더니, 구두끈을 제외하고 모두 갈아야 하는데, 그게 새 구두가격이나 별 차이가 없다고 했습니다. 그래도 새 구두를 신고 식장에 들어서니 조금 우쭐한 기분은 들었지요.

"그래. 잘한 거야. 익숙하다고 해서 언제까지나 낡은 구두를 신을 수는 없잖아? 신다 보면 이 녀석도 금방 익숙해질 테고 말이야."

가끔은 익숙한 것들을 버려야 하나 봅니다. 비록 정이 들었지만, 버려야만 새로운 구두를 경험할 수 있는 법이니까요. 집으로 돌아와 보니, 그동안 험한 주인 만나서 거친 길을 잘도 걸어주었던 낡은 구두가 신발장에 다소곳이 놓여있었습니다.

"버리지 않았구나. 다행이야."

혼잣말을 하며 익숙하지 않은 새 구두를 곁에 나란히 놓아두었지요. 내일은 어떤 걸 신고 나갈까, 행복한 고민을 하면서 말이지요. 당신은 어떤 구두를 신고 있는지요?

밥 먹자

“야! 밥 먹자!” 2교시를 마치는 종이 울리자마자, 여기저기에서 도시락을 꺼내는 소리가 타닥타닥 장작 타는 소리처럼 들렸습니다. 저도 도시락을 꺼내서 책상 위에 올렸는데, 제 짝꿍이 먼저 제 도시락 뚜껑을 열었습니다. “어? 갈치? 구운 갈치네?” 녀석의 한 마디에 친구들이 몰려들었습니다. 괜히 부끄러웠지요. 사춘기의 열꽃이 제 얼굴을 빨갛게 달아오르게 만들었지요.

친구들에게 둘러싸인 저는 도시락 뚜껑을 덮었습니다. 어머니는 다른 아이들처럼 소시지나 햄 대신, 갈치를 반찬으로 넣어 주셨지요. 이유는 간단합니다. 제가 생선을 좋아하기 때문이지요. 집으로 돌아오는 길엔 쌀집이 있었지요. 그 집 고양이의 밥그릇에 도시락을 모두 비우고 집으로 돌아왔지요.

“다 먹었네? 엄마가 갈치 넣어줄 줄은 몰랐지?”

환하게 웃으면서 어머니는 제게 빈 도시락을 흔들어 보였습니다.

“엄마, 다음부터는 저도 그냥 다른 반찬 넣어주세요. 가시 바를 시간이 없거든요.”

제 방문을 닫고 들어와 버렸지요. 괜히 눈물이 났습니다. 먹지도 않은 갈치의 가시가 목에 자꾸만 걸렸나 봅니다. 어머니께 너무 죄송했고, 저의 행동이 너무 부끄러웠으니까요.

지난 기억들은 왜 하나같이 흑백사진처럼 남아 있을까요. 눈부셨던 햇살은 눈처럼 하얀빛으로, 슬픈 기억들은 검은빛으로 남아 있지요. 분명히 그날도 하늘은 푸르렀을 테고, 길가의 개나리는 노랗게 피었을 텐데 말이지요. 그냥 밝은 봄날이 기억의 전부입니다.

산책길에 제 손을 꼭 잡아주시던 어머니의 온기와 앞서 걷던 형과 여동생의 뒷모습만이 뚜렷이 남아 있습니다. 이유를 곰곰이 생각해봅니다. 아마도 지난 일들에 대해서는 어떤 식으로든 기억을 덧칠하지 말고, 있는 그대로를 추억하라는 하늘의 뜻인 것 같아서 가만히 고개를 끄덕여봅니다. 조만간 구운 갈치를 앞에 두고 어머니께 살을 발라 드리기로 마음먹어 봅니다.

그 사람이 미워지면

한 사람을 너무 미워하지 말아야겠습니다. 그 사람을 미워하면 할수록, 제가 그 사람을 점점 닮아가고 있으니까요. 별일 아닌 일에도 언성을 높이고, 자꾸만 소리치는 사람이 싫었습니다. 술을 마신 날에는 행동도 과격해지는 그 사람이 정말 싫었습니다. 그 적개심이 어디서부터 비롯되는지는 모르겠지만, 본인과 생각이 다른 사람은 그에게 혼나기 일쑤였지요. 그렇다고 해서 그가 반드시 옳은 것도 아니었습니다. 그와 술자리를 피하는 사람들이 하나둘 늘어났지요. 그의 얼굴만 떠올리면 괜스레 화가 났지요.

어느 날 친구와 커피를 한 잔 마시는데, 그 친구가 제게 그럽니다.

"그런데 요즘 스트레스받는 일이 많은가 보네. 왜 이렇게 예민하게 화를 자주 내냐?"

화장실에 가서 거울을 봤습니다. 아뿔싸, 거울 속에는 그렇게도 미워하던 그 사람의 표정이 그대로 비치고 있었지요. 그랬습니다. 사랑하고 존경하는 사람만 닮아가는 것이 아니었습니다. 너무 미워하는 사람도 닮아갈 수 있는 것이었습니다.

너무 한 사람을 미워하지 마세요. 미워하는 것도 좋아하는 것과 마찬가지로 '관심'이지요. 미워하는 사람에 대한 관심은 '미운 짓'을 찾아내기 위한 것이라면, 좋아하는 사람에 대한 관심은 '예쁜 짓'을 찾기 위한 것이겠지요. 어떤 관심이건 오랫동안 지켜보다 보면 어느

새 닮아가게 마련입니다. 오랜 연인들은 얼굴조차 서로 닮아가는 것 잘 아시죠? 노부부의 얼굴이 서로 오누이처럼 닮아 있는 것도 이와 크게 다르지 않습니다.

어떤 사람을 곁에 두는가 하는 것은 매우 중요한 문제입니다. 무엇보다 당신이 먼저, 곁에 두고 싶은 사람이 될 수 있도록 노력해야겠지요. 사람의 향기가 꽃의 향기보다 더 진하다 하였습니다. 이기심과 공명심에 찌든 사람에게서는 악취가 진동을 합니다. 잠시도 마주하기 싫은 사람이지요. 저는 정의롭지 못한 젊은이와 욕심꾸러기 노인에게서 그런 걸 느낍니다. 미래를 이끌어나갈 젊은이가 일찍부터 부정한 방법을 선호하는 비겁한 모습을 보면 특히 실망합니다. 물론 연세가 있는 분들이 '양보와 겸손'을 잊고 '아집과 독선'으로 훈계하는 경우도 마찬가지입니다. 누렸으면 비켜설 줄 아는 것도 더불어 살아가는 세상에서 꼭 필요한 일이니까요. 그러니까 너무 미워해서 닮아가지 않으려면 그런 이들을 멀리할 수밖에 없겠지요.

회전목마

유원지에 가면, 있어도 별 효용가치는 없어 보이지만, 없으면 허전한 것이 회전목마입니다. 거대한 원을 한 번도 벗어나 본 적이 없는 형형색색의 말들이 장대를 오르내리며 천천히 돌아갑니다. '답답하게 돌아가는 저 무용(無用)의 회전목마를 누가 타기나 할까'하고 생각했지요. 그때였습니다. 한 어머니가 아이를 회전목마에 앉히자 아이가 울음을 터뜨립니다. 무서웠던 가 봅니다. 그랬습니다. 어른의 눈에 시시해 보이는 것들도 아이들에게는 '용기가 필요한 일'이었지요. 마침내 어머니가 아이를 안고 백마에 올랐습니다. 곧이어 여러 젊은 커플들이 푸른 말과 주황색 말에 올라탔지요.

목마가 천천히 움직이기 시작합니다. 말의 조형들이 위아래로 움직이며 돌아가는 회전목마가, 유원지를 대표하는 이미지를 가진 이유는 무엇일까요? 행복해지기 때문입니다. 갑자기 말들이 뛰쳐나가거나 솟구치는 일이 없는 회전목마, 타지도 않을 거면서 괜히 마음이 즐거워집니다.

청설모의 고향

저도 멋진 등산복을 입고 산을 오르고 싶을 때도 있었지만, 그런 옷을 입는 것이 괜스레 쑥스러워 청바지를 입고 매번 산에 오릅니다. 형형색색의 등산복들이 단풍처럼 산길을 메우고 지나가는 모습을 먼발치에서 보면 큰 산의 혈관처럼 보일 때도 있습니다. 오늘도 수많은 동맥과 정맥을 만났습니다.

처음 보는 사람들과 '안녕하세요.'하고 인사를 나누기도 하고 물을 건네기도 합니다. 침묵 속에서, 고요 속에서 사람들의 말소리는 겸허하고 진지한 속삭임처럼 귀를 기울이게 합니다. 멋진 등산복을 입지 않아도 산을 오르는 일은 행복하기만 합니다.

"다람쥐다!" 신기해서 저도 모르게 소리를 질렀지요. 일행이 저를 쿡 찌르며 "저건 청설모야"라고 면박을 줍니다. 묻지도 않았는데 청설모가 우리나라의 참 다람쥐들을 내몰기 시작한 것이라며 열변을 토했습니다. 저는 몰랐습니다. 산골짝의 다람쥐는 그놈이 그놈인 줄 알았지요. 그야말로 아는 만큼 보이나 봅니다. 설명을 듣고 녀석의 생김새를 꼼꼼히 지켜보니 과연 생김새가 퍽 달랐습니다. 참 다람쥐를 내몬 녀석이 밉상스러웠지만, 곰곰이 생각해보니 저 녀석도 제 고향에서는 참 다람쥐가 아니었을까 하는 마음이 들었습니다.

"그래. 네가 건너오고 싶어서 건너온 것은 아니었겠지만, 떠나고 싶을 때 언제든지 떠나거라. 넌 청설모니까."

커다란 바위 앞에서 예닐곱 살 정도 된 여자아이가 갑자기 울음을 터뜨립니다. 젊은 아빠가 무릎을 꿇고 앉아서, 아이를 달래느라 여념이 없습니다.

"저건 그냥 바위야. 무서운 거 아니야. 울지 마." 친절한 아빠의 설명에도 아이는 울음을 그치지 않았지요. 잠시 아빠는 아이를 이리저리 살펴보더니 미소를 지었습니다. 궁금해서 그들의 곁에 더 가까이 다가가 보았습니다. 아빠는 아이의 신발 위에 커다란 개미 한 마리를 손가락으로 툭 튕겼습니다. 아이가 그제야 아빠의 가슴에 안겨서, 멋쩍었는지 얼굴을 파묻습니다. 개미도 아이도 이젠 안심입니다. 물론 아빠도 말이지요.

세상을 바라보는 일은 이렇듯 새로운 것들과의 만남입니다. 대개 내 눈에 보이는 것을 두고 쉽게 위로를 건넬 때가 많습니다. 이리도 낯선 세상에서 아이들의 눈에 비친 두려움의 대상을 제대로 일깨워 주어야겠지요. 그 대상이 사라질 때 비로소 아이는 안전하게 성장할 수 있으니까요. 꼬마 하나가 저만치 앞질러 산을 뛰어 올라갑니다. 까마득히 사라지는가 싶더니, 순식간에 다시 나타났습니다. 얼굴이 빨갛게 상기된 녀석은 씩씩대며 엄마를 나무랍니다.

"엄마! 왜 이렇게 늦어? 벌써 두 번이나 갔다왔거든." 보채는 아이는 알 리가 없지요. 하루하루를 살아가며, 이런저런 걱정거리까지 짊

어진 채 산을 오르는 부모의 걸음은 무겁고 더디기만 하다는 것을요. 제 몸 하나로 오르는 산보다 더 느릴 수밖에 없는 부모의 산행을 이해할 수 없겠지요. 어머니는 이미 지쳐서 아버지의 손에 매달리다시피 오르고 있었는데, 아이가 두 팔을 벌리며 안기자, 번쩍 들어 올립니다. 어디서 저런 힘이 나올까요? 세상의 어머니들은 과연 위대하다고밖에 할 말이 없습니다. 어머니, 당신을 응원합니다.

여우비

비가 내립니다. 구름 사이로 해가 비쳤다가 사라지기를 반복하는 동안, 제법 비가 내립니다. 여우비라고 하지요. 예쁜 이름을 가졌습니다. 햇빛을 받아서 빗줄기가 반짝반짝 빛이 납니다. 마치 바늘이 은빛으로 반짝이며 내리는 것 같아요. 대지 위로 내리는 빗줄기에 마당의 쇄석들도 젖어갑니다. 듬성한 쇄석들이 볕에 달아 있었던 탓에, 비가 내려도 금방 말라 버립니다.

시간이 지날수록 빗줄기가 서서히 돌멩이들 사이로 스며들기 시작합니다. 봄을 핑계 삼아 고개를 내민 풀들이 초록빛을 더하는 오늘, 씁쓸한 이야기들에 어깻죽지가 점점 움츠러듭니다. 국민들의 혈세를 탕진한 관료들이 위계에 의한 성희롱을 했다고 피해자가 미투(Me Too movement) 소식을 전합니다. 언제나 맥 빠지게 하는 소식이지요.

이런 소식을 접할 때마다 비 맞은 새처럼 파르르 심장이 떨립니다. 기초의원과 국회의원들은 그들끼리 예산을 사이좋게 분배하여 그들만의 성을 짓고 국민들은 때가 되면, 또 다른 '그들'을 선택하게 되겠지요. 그런 그들이 추악한 성폭력까지 휘둘렀다고 생각하니 분노가 치밀어 오릅니다. 과연 우리에게 '그들'이 필요한 걸까요? 우리는 어디에 있는 걸까요? 그들을 만든 건 바로 우리입니다.

오늘에야 비로소 외로워집니다. 이런 날은 호랑이가 장가를 간다고도 하지요. 그냥 혼인을 한다고 하지, 왜 굳이 장가를 간다고 그랬는지 모르겠습니다. 시집을 가는 호랑이도 있었을 텐데요. 이렇듯 아름다운 의미의 속담에서도 성의 불평등이 존재한다는 것은 그 뿌리의 깊이를 말해 주지요. 얼마나 우리 남성들이 여성들에게 불이익을 줘 왔는지, 얼마나 소외감을 들게 했는지 말이죠. 이런 이야기를 하면 꼭 '병역의무'를 이야기하는 분들이 계시더군요. 그런 남성분들에게는, 여성분들만의 특권이었던 '출산'을 조심스럽게 권해 드립니다.

어이, 맷돌

맷돌의 손잡이를 '어이'라고 합니다. 어이가 없다는 말은 손잡이가 없는 맷돌을 돌려야 하는 경우를 이야기합니다. 말도 되지 않는 경우를 이야기하지요. 이렇게 말도 되지 않는 일들이 자꾸만 벌어집니다.

이제 갓 스무 살을 넘긴 의무경찰을 차에 매단 채 오십여 미터를 달린 운전자가 멈춘 차에서 내리자마자, 통제하던 경찰의 따귀를 때리면서 그랬답니다. "내가 누군 줄 알아? 내가 술을 마셨더라도, 안 마셨다고 하면 안 마신거야!"라고 말입니다.

음주운전 측정을 하던 경찰을 매단 채, 차를 움직인 것도 충격인데, 적반하장도 유분수지요. 그의 언행은 이해할 수가 없습니다. 말 그대로 어이가 없습니다.

벌 받아야 할 사람들이 너무 많습니다. 이제 당신과 제가 나설 때입니다. 어이가 빠져버린 맷돌에 어이를 장착해야겠습니다. 어이없는 일이 다시는 일어나지 않도록 말이지요.

그림자와 빛

빛이 사라지면 그림자가 생기지 않아요. 희망이 없으면 절망도 없지요. 희망이 있어야 그림자가 생기는 법이지요. 지금 당신을 등진, 때론 마주한 이 그림자들은 이를테면 모두 희망인 셈이지요. 희망의 그림자가 절망인 셈이지요. 누군가는 누군가에게 희망이 되고, 누군가는 희망을 위한 절망이 되기도 하지요. 하지만 이렇게 안타까운 절망의 누군가도 희망을 위한 간절한 몸부림이라는 것을 잊지 말기로 합니다.

우리는 모두를 아끼고 사랑해야 합니다. 비록 미운 사람이라 할지라도, 그 사람도 희망을 꿈꾸고 있을 테니까요. 진실은 강물에 잠긴 돌처럼 이끼가 끼어 가는데 이렇게 시간을 보내는 것이 옳은 일일까요? 지구촌에는 크고 작은 나라들이 상생하고 있지요. 그 속을 들여다보면 어떤 곳에서는 음식물 쓰레기가 골치 아픈 문제인가 하면, 어떤 곳에서는 날마다 기아로 수많은 아이들이 죽음의 문턱을 넘나듭니다. 우리나라에도 힘든 사람 많은데 왜 굳이 해외로 자원봉사하러 떠나는지 비판을 하는 분들도 계십니다. 곁에 굶주린 이를 두고 먼 곳의 굶주림을 도우러 떠나는 이들이 야속하다면, 당신이 불우한 이웃에게 먼저 힘이 되어 주세요. 모든 환경이 열악한 후진국에서 태어났다는 이유 하나만으로, 굶어 죽어가는 아이들을 보살피러 가는 것까지 트집을 잡아서야 안 되겠지요.

꼭 보면 아무것도 하지 않는 이들이 무언가를 하는 이들을 나무라는 일들이 많습니다. 당신은 한 가닥의 희망에 모든 것들을 걸어본 적이 있는지요? 저는 그랬습니다. 그 희망이 한순간에 무너져 내려 절망했던 적도 있었지요. 그 당시에 극단적인 선택을 하려 했던 못난 모습을 보인 적도 있었지요. 지금 저는 희망의 곁에 서 있습니다. 당시에 저를 꾸짖어 주고 다독여 준 여러분들이 계셨기 때문에 가능했지요. 끝까지 저를 믿어주고 염려해준 여러분들을 잊지 않으려 합니다. 이제 저도 누군가에게 희망이 되어줄 차례입니다.

한 치 앞을 내다볼 수가 없는 현실입니다. 특히 복잡 미묘한 관계들이 그물망처럼 얽혀 있어서 사람들을 대하는 것이 두려울 때도 있습니다. 이러한 관계를 유지할 수 있는 유일한 희망은 진실과 사랑입니다. 그래도 너무 걱정하지 마세요. 이 둘의 번식력은 엄청나거든요. 수많은 우성인자들로 구성된 유의어들은 실로 헤아릴 수도 없이 많으니, 그나마 희망입니다.

사람에 대한 희망을 버리는 것은, 함께 살아갈 이유도 함께 버리는 일입니다. 부디 바라건대 사람들에게 당신의 말과 행동으로 상처주지 마세요. 상처받은 이들의 이야기를 전해 들은 제가 이리도 아픈데, 당신은 정말 아무렇지도 않은지요?

대구에는 이미 폐역이 되어버린 고모역이란 간이역이 있습니다. 그곳을 들어서면, 녹슨 철로를 만나볼 수 있답니다. 비를 맞고 있는 철로를 물끄러미 보다가, 문득 불통(不通)을 의미하는 평행선을 긋는다는 표현이 잘못된 것이라는 것을 깨달았지요. 길게 늘어선 철로에는, 평행선을 묵묵히 이어주는 촘촘한 침목들이 함께 비를 맞고 있었기 때문입니다. 수직의 극단적인 관계를 개선하기 위한 수평의 작은 노력들이 우리에게 희망을 전해주고 있었습니다. 이렇듯 세상의 빛과 그림자는 저마다의 역할로 빛나고 있었습니다.

또다시 이별

세상 모든 이별은 갑작스러운 것처럼 느껴집니다. 꽤 오랜 시간 동안, 이별의 수많은 이유들이 참아낸 시간들을 기억하지 못합니다. 알아야 합니다. 천천히 서서히 믿음이 무너져 내리다가 마침내 더 이상 무너질 것이 없는 마지막 이유만 남겨두었을 때, 비로소 '이별' 외에는 선택할 수 있는 게 없다는 것을요.

처음 만났을 때부터 지금까지 쌓아온 믿음과 사랑의 견고함을 생각해보면, 한순간 무너져 내릴 수가 없습니다. 그 믿음에 금이 가고, 그 사랑이 빛바래져 가는 동안, 스쳐 지난 기회들이 얼마나 많았는지, 알지 못합니다. 이별은 그렇게 찾아오는 거랍니다.

이별을 하고 나면 넋을 놓고 며칠을 보내기도 하지요. 지나간 시간들을 추억하기도 하고, 그 사람과 당신을 번갈아가며 탓하기도 하면서요. 그 시간들조차 지나고 나면 마음이 조금 차분해집니다. '정리 단계'지요. 함께 한 사진과 편지를 태우며, 또 다시 이별임을 실감하며 눈물을 흘리기도 하지요. 그런 경험들 있으신가요?

이별은, 이별이 이별임을 인정해야 비로소 이별할 수 있습니다. 헤어질 준비가 안 된 사람은 이별조차 함부로 할 수 없지요. 헤어진 사람의 근황이 궁금하고, 그 사람과 우연히 마주치길 기대한다면 아직 이별할 때가 아닙니다. 사진들을 모두 태우고 난 후에 혹시 남은 사진들이 있는지 찾고 있다면, 아직도 사랑입니다. 이별은 사랑보다 더 힘든 일입니다. 사랑에 빠질 때마다 쉽게 길을 잃어버리는 바보들은 이별조차 어려운 법이지요.

주취감형(酒醉減刑)

술자리에서 허용하는 관대함은 어디까지일까요? 사내 하나가 이야기 중에 우연을 가장해서 팔꿈치로 곁에 있는 여성의 가슴을 툭 치는 일? 말끝마다 툭툭 튀어나오는 욕설들? 음식이나 과일의 생김으로 신체를 비유하는 일? 술자리에서는 모두 그럴 수 있는 일인가요? 술을 못 마시는 저 같은 사람이 견디기 힘들만큼 역겨운 일, 어른들의 술자리는 언제나 이리도 재미가 없네요.

취한 남자와 여자 앞에 제가 앉았습니다. 앉아보라고 해서 앉았지요. 한동안 둘의 수작질이 오가다가, 여자는 뭐가 마음에 안 들었는지, 남자에게 주먹을 내밀었습니다. 그냥 주먹인 줄 알았는데, 다시 보니 검지와 중지 사이로 엄지손가락이 쑥 나와 있었습니다. 성교를 표현하는 손장난이었습니다. 서양에서는 중지를 치켜세우며 'fuck you'라고도 하지요. 남자와 여자는 저를 앞에 앉혀두고 모욕을 주었지요. 물론, 전 그 부분을 지적했고, 그들은 '애도 아니고, 술자리에서 뭐 그런 걸 까다롭게 구냐'고 타박을 하더군요. 한술 더 떠서 여자는 '남자친구에게 하는 손장난을 왜 엿봤냐.'며 저를 탓했습니다. 그들이 절 부른 자리에서, 볼썽사나운 모습을 보여줘 놓고 저를 탓하다니요? 그렇게 말도 안 되는 일들이 술자리에서는 번번이 일어납니다. 저는 억울했지만, 그들은 개의치 않고 여흥을 즐기더군요.

누가 억울하다고 이야기할 때 부디 외면하지 마세요. 술은 취하기 위해서 마신다고 합니다. 음주로 인한 심신미약이나 주취감형(술에 취한 상태의 범죄에 대해 형을 감해주는 제도)에 대해서만큼은 이해할 생각이 전혀 없습니다. 스스로 만취하여 심신미약의 상태로 만드는 것도 정상을 참작할 사유가 되는지요? 그럼 잠재적으로 범죄의 욕구를 가진 사람들이 모두 의도적으로 음주를 한다면? 상상만 해도 끔찍한 일들이 벌어질 것 같습니다.

긴장을 풀어주거나, 상대와의 어색함을 덜어주기 위해서 술자리를 한다고 합니다. 그 부분은 이해가 갑니다만, 몸도 못 가눌 만큼 취한 상태에서 폭언과 폭행을 일삼는 이들을 보면 안타깝기만 합니다. 성희롱은 남성들만의 전유물은 아니더군요. 부디 술을 마시더라도 타인에게 피해를 주는 일은 없어야겠습니다. 그것이 술을 마실 수 있는 자격이라고 생각해요.

오늘도 여러 곳에서 많은 술병들이 쓰러지고 있겠지요. 주취감형에 대해서 강력하게 폐지를 주장하는 분이, 술에 취해서 자주 실수하는 모습을 보면서 마음이 우울해졌습니다. 차라리 그런 분은 주취감형에 대해서 찬성하는 편이 본인에게 유리하지 않을까 싶습니다. 그래야 일관성이라도 가질 테니까요. 스스로에겐 어찌 그리도 관대한지요.

사람을 만날 때는 나름의 기준을 가져야 합니다. 부담스러운 사람을 만났을 때는, 부담을 덜어낼 수 있는 방법을 모색하든가 다시는 만나지 말아야 합니다. 모든 사람들을 반드시 지속적으로 만나야 할 이유는 없습니다. 그건 사람을 차별하는 것이 아니라, 그 사람이 당신을 차별하기 때문에 만나지 못하는 것입니다. 사람을 가리지 않으면 당신이 위험해질 수도 있습니다. 게다가 상대가 만취상태일 때는 당신을 다소 매정하고 인정 없는 이로 만들 수도 있습니다. 취한 그가 멀쩡한 당신을 말이지요. 취한 그는 어차피 멋대로 생각하고 말할 테니, 절대로 당신은 상처받지 말아야 합니다.

저와 비슷한 경험을 가졌거나, 가질 이들에게 조심스럽게 대처요령을 일러드릴게요. 답은 '무시와 침묵'이랍니다. 당신의 잘못이라면 그런 그를 만난 죄밖에 없음을 기억하세요. 그것도 죄라면 억울해도 그 죗값을 받아들여야지요. 그리고 다시는 그런 이를 가까이 두지 말아야 합니다. 술자리에서 실수를 반복하는 이들은 지위고하를 막론하고 경계해야 할 사람입니다. 혹시 그런 사람의 도움을 받을 일이 있더라도, 반드시 몇 배의 해악으로 당신에게 돌아오게 마련입니다. 조금 삼엄한 이야기가 될지 몰라도 사람은 반드시 가려서 만나야 합니다.

유유상종(類類相從)이라 하였지요. 술자리에서 훈훈한 추억을 회고하며, 미담을 나누는 일은 아름답기 그지없는 일입니다. 그 이상은 서로를 힘들게 하는 자리입니다. 부디 술자리에서 당신의 인격이 시험에 드는 일이 없기를 바랍니다. 예로부터 선비는 '신독(愼獨)'에 힘쓰고, 혼자 있을 때 더욱 몸가짐을 단정히 하려고 노력했다고 합니다. 선비는 순우리말로, 관직이나 재물을 탐하지 않는 학식이 높은 사람을 일컫습니다.

조선시대의 이기적인 양반과 선비는 격이 다릅니다. 선비는 자신에게 엄격하고, 타인에게 관대한 사람이기도 하지요. 이를 거꾸로 행하는 분들이 정치를 해서는 안 될 이유도 여기에 있습니다. 자신에게 관대하고 국민들을 가볍게 여기는 이가 정치를 한다는 것은 상상만으로도 소름 돋는 일이 아닐 수 없지요.

친구야

"친구야. 우리의 사사로운 감정으로 내가 상처를 받는 것은 상관없지만, 나로 인해 네가 상처받는 건 죽어도 싫다고 이야기했던 거, 사실이야. 겉치레로 한 말이 아니라 정말 그런 마음이었거든. 그 이유는 너를 위해서가 아니라, 너에게 빚을 지고 살아가는 것은, 내 자존심이 허락하지 않아서였어. 우린 친구라는 이름으로 꽤 오랫동안 알고 지냈지만, 속으로 친구라고 생각해 본 적이 있었는지 자신이 없네. 모든 일에 너무 진지하고 심각하다고 나를 못마땅하게 여기는 너와 실없는 농담을 나누면서 어떤 말이든 망설이지 않고 던지는 너를 불편해하는 내가 친구가 될 수 있다는 것은 쉽지 않은 일이지. 시인들은 말장난에 능숙한 자들이라고 표현한 너를 매번 이해하기는 힘이 들었지. 나를 속인 너를 용서할 수는 있지만, 네게 속은 나를 용서하기가 힘이 드네. 잘 가라. 친구야. 다시는 친구라는 이름으로 만나지 말자."

오래전 저의 뒷담을 하고 다닌다는 친구에게 쓴 편지입니다. '잘 가라. 친구, 다시는 보지 말자'라고 쓰고 나니 자꾸 눈물이 났습니다. 그런 날 있잖아요? 제겐 그날이 그런 날이었나 봅니다. 갑자기 사람이 역겨워지는 날. 어쩌면 저리도 몇 년 전과 똑같은 수법으로 저를 이용했는지 화가 납니다. 잠시나마 사람이 바뀐 거라 현혹되었던 저의 어리석음을 깨달은 날이기도 합니다. 최근 근황을 들어보니 저처럼 다소 세상물정에 어두운 누군가에게 거머리처럼 조용히 달라붙어 본인의 사욕을 채워서 살아가는 가 봅니다. 저 글은 제가 읽던 파우스트 속지에 써두었는데, “그래, 한때나마 친구라고 믿었던 자네 이야기야. 어서 떠나줘. 그리고 두 번 다시 ‘친구야’라고 부르면서 날 찾아오지 말아줘. 부탁이야.”라고 글을 맺고 있습니다. 꽤나 두렵고 지쳤었나 봅니다.

사람의 감정을 가지고 이용하며 살아가는 건 잔혹하기 그지없는 일입니다. 친구라는 이름을 차용증처럼 내밀며 친구의 소임을 요구했던 친구는 되지 말아야겠습니다. 적어도 백을 가진 이가 오십을 가진 이에게 친구라는 이름으로 그 오십을 모두 가져가는 행패를 부려서는 안 되겠지요. 당신이 힘들어질까 봐 내가 힘들다는 말을 하는데도 몇 번을 망설이는 것이 친구의 마음입니다. 친구를 쉽게 맺을 수는 있겠지만, 좋은 친구로 오래 남는 것은 어려운 일이지요. 그 어려운 일을 우리가 먼저 해 보기로 해요.

한 줄의 김밥

요즘 보기 드문 일이 벌어졌습니다. 재래시장에서 한 소년이 김밥 한 줄을 훔쳐서 달아나다가 주인에게 덜미를 잡혔다고 합니다. 화가 치민 주인이 소리쳤습니다.

"지난번에 순대도 네가 훔쳤지? 오늘은 모두 변상하고 가!"

그 곁에서 어묵을 사먹던 사내가 참견을 했습니다.

"아까 김밥 두 줄이었던 것 같은데?"

그때 지나가던 동네 아줌마도 거듭니다.

"저런 애는 콩밥을 먹여야 해"

보다 못한 제가 아이의 김밥 두 줄 값을 치르고 아이와 함께 가게를 나서면서 말을 건넸습니다.

"배가 많이 고팠겠지만, 훔치는 건 잘못된 거야."

"뭔 상관? 일부러 그랬거든요"

"일부러? 왜?"

"저 아저씨 지난번에 내 동생한테 따귀도 때리고, 욕도 하고 그랬거든요. 그래서 돌을 던지려다가 김밥을 대신 훔친 거예요."

왜 그랬는지 물어볼 필요도 없었습니다. 어떤 이유에서건 아이에게 폭력을 행사한 그 주인은 잘못이니까요. 얼마나 큰 잘못을 했는지는 몰라도, 도대체 열 살도 안 되어 보이는 소년보다 더 어린 동생은 얼마나 큰 죄를 지었을까요? 소년의 행동은 분명 잘못된 것이지만, 그렇게밖에 보여줄 수밖에 없는 어른들의 세상이 부끄러워서 휴, 한숨만 나왔지요.

한 사람이 여러 사람을 위해 희망의 불꽃을 피우기는 힘이 들지요. 하지만 여러 사람이 한 사람의 희망을 짓밟는 것은 너무나 쉬운 일이지요. 한 사람이 한 사람에게, 여러 사람이 여러 사람에게 희망의 손짓을 하면 세상은 분명 아름다워질 수 있습니다. 여러 사람이 한 사람을 해치는 일이 빈번하게 일어나는 요즘입니다. 특히 인터넷이 발달하면서 개인의 신상을 공개하는 일도 예사로 벌어집니다.

비열해져서는 안 됩니다. 대중들의 마녀사냥이 얼마나 무서운지 우리는 역사를 통해서 이미 알고 있습니다. 당장 그만두어야 할 일입니다. 사람이 기본은 되어야 합니다. 본인으로 인해서 다른 이들이 힘들어하면, 최소한 미안해할 줄도 알아야 합니다. 정말 큰 잘못을 했다면 속죄하는 마음으로 살아가는 것이 기본이지요. 자숙한다고 해놓고, 부끄러운 과거를 미화시키기 위해 작당을 하는 사람들이 있습니다. 정치를 하는 분들의 혀끝에서 수많은 사람들이 다치고 힘들어합니다. 사명감까지는 욕심부리지 않을 테니, 부디 사람에 대한 기본적인 예의는 다하시기 바랍니다. 특히 정당하지 못한 것들에 대해서, 변명하지 말고 진솔하게 사과를 하셔야 합니다. 그것이 기본입니다.

비정상인

장애인의 사전적인 의미는 신체 일부에 장애가 있거나, 정신능력이 원활하지 못해서 일상이나 사회생활에 어려움을 겪는 사람이라고 합니다. 그럼 장애인의 반대개념은 뭘까요? 대부분의 사람들은 '정상인'이라고 거침없이 대답합니다. 그럼 장애인은 비정상인인가요?

정상인을 사전에서 찾아보았습니다. 몸이나 정신에 특별한 이상이 없는 사람이라고 적혀있습니다. 크게 잘못되었습니다. 사전대로 해석하자면, 장애인은 비정상인임에 틀림없다는 뜻이 됩니다. 장애인의 반대말은 '비장애인'이 맞습니다. 국립국어원의 표준국어대사전에 '비장애인'이라는 말은 없습니다. 바뀌어야 합니다. 장애인은 비정상인이 아니니까요. 장애를 가진 것은 불편한 일이지, 잘못된 일이 아닙니다.

장애인의 날입니다. '그들'이라고 부를 수 있는 이들과 '우리'라고 부를 수밖에 없는 이들이 함께 맞이하는 오늘입니다. 반쪽의 '그들'도 반쪽의 '우리'도 아닌 오롯이 서로가 하나임을 이해하고 인정하는 날이어야 합니다. 오늘은 장애인의 날입니다. 한 번쯤 역지사지해 보아야 할 날입니다. 장애인과 비장애인이 서로의 입장을 바꿔서 생각해 보는 날이기도 하지요.

어쭙잖은 동정이나 일시적인 이해 따위는 버리고, 대등하고 정의로운 생각으로 우리 모두가 하나 되는 날입니다. 매년 맞이하는 장애인의 날이지만, 해마다 행사내용 면에서 보면 대동소이합니다. 이제부터는 마주보고 서로에게 실질적으로 힘이 되어 주는 내용의 행사가 전국적으로 시행될 수 있기를 기대합니다.

인력시장

한겨울 새벽입니다. 굴다리를 지나가는데 여러 사람들이 모여 있는 모습이 보입니다. 인력시장인가 봅니다. 고요 속에서도 분주해 보입니다. 조용한 가운데에서도 치열한 삶의 일터로 향할 얼굴들은 한껏 가리고 서 있습니다. 모자를 눌러쓰고 마스크를 하고 있어서 표정을 읽을 수가 없었지요.

굴다리 아래에 많은 사람들이 모여 있지만, 조용하기만 합니다. 어느 누구도 말을 하지 않기 때문이지요. 부끄러운 일이 아닌데, 누가 알아보기라도 할까 봐 모두 얼굴을 가리고 있습니다. 찌그러진 폐유 드럼통에는 장작불이 거칠게 타오르고 있었지요. 노동을 할 기회가 있을지 없을지도 모르는 상황이어서, 서로의 눈치를 살피는 모습이 역력합니다. 언 몸을 녹이려고 드럼통 주위에 사람들이 모여 있습니다. 얼굴마다 수심이 가득함이 느껴집니다.

누군가 폐목재 하나를 드럼통에 툭 던져 넣었습니다. 설핏 불길이 잦아드는가 싶더니 금방 훨훨 다시 타오릅니다. 잠시 후 화물차 한 대가 서더니, 한 사람이 내립니다. 새벽공기를 가르고 “목수! 목수!” 소리치자 우르르 그쪽으로 사람들이 몰려갔습니다. 목수가 아닌 사람들은 실망한 모습으로, 다시 불가로 모이고, 이를 지켜보던 저는 하늘만 올려다보았지요. 언제 찾아올지 모르는 일거리를 마냥 기다리는 것이 불안해 보이기만 합니다.

떠나가는 화물차의 뒷모습을 물끄러미 바라보다가, 보이지도 않는 서로의 얼굴을 물끄러미 바라봅니다. "처음 나왔나 보지?" 다짜고짜 반말로 말을 건네는 한 초로의 남자가 저를 위아래로 훑어보았습니다. 기분이 나빠져서 앉아있는 그를 쏘아보았습니다.

"난, 나이가 많지. 용접을 하는데, 일을 하다가 한쪽 다리를 잃었어. 여기서 아마 나이가 제일 많을걸?"

그는 시큰둥한 저의 표정이 신경이 쓰였는지 '나이 많음'에 힘을 주어 말을 했지요. 그가 자리에서 일어나자 주위에 있던 사람들이 일제히 그를 바라보았습니다.

"자, 오늘은 일거리가 없나보이. 직업소개소로 가서 커피나 한잔씩 하자고." 라고 말하자, 사람들은 절뚝이며 앞서가는 그를 따라나섰습니다. 누구 한 사람도 그를 앞지르지 않고 말이지요. 그들이 모두 떠난 후 드럼통의 꺼져가는 불꽃을 지켜보았습니다. 어쩌면 그들은 모두 얼굴을 가리고 있었지만, 서로를 너무나 잘 알고 있었을지도 모르겠다는 생각을 하면서 말이지요.

독백

어느덧 나이가 들어 중견작가로 불립니다. 다른 작가들이 수업이나 교재를 통해서 시를 창작하는 방법들을 이야기할 때마다, 저에게 '시'는 어떤 것일까 생각해보았지요.

시는 사레 걸린 재채기처럼 갑자기 툭 튀어나오고, 다리에 쥐난 것처럼 기다릴 줄도 알아야 하며, 무엇보다도 비릿한 걸 본 산모의 구역질처럼 거침없어야 한다고 생각해요. 때론 현실과 동떨어지지 않기 위해 일정한 간극도 유지하면서 말이지요. 그렇다고 현실 속으로 너무 깊이 개입하게 되면, 욕심을 부리게 마련이지요. 정치적인 요소를 배제하고 감정적인 표현에 충실해야겠지만, 말처럼 쉽지 않습니다. 시어를 선택하는 것은 날마다 고민입니다.

독자들의 마음을 훔치려 하기보다는, 함께 공감할 수 있는 시가 좋은 시라고 생각해요. 현학적인 인기몰이 시보다 고뇌한 흔적이 역력한 시가 가슴에 오래 남는 법이지요. 오늘도 시 한 편, 사산(死産)하는 중입니다. 대내외적으로 힘든 시기일수록, 작가들은 분주해집니다. 가령 민주화 운동이 활발하던 시기에 민중문학이 발달했듯이, 전반적으로 경직된 사회적인 분위기나 강제와 억압이 짓누르는 시기일수록 문학은 더욱 부단하게 거친 숨을 쉽니다. 그렇다고 풍족하고 평화로운 시기라고 해서 문학이 퇴보하는 것은 아닙니다.

르네상스운동의 이면에는 작가들의 자유로운 영혼이 있었지요. 아직도 '시인은 배가 고파야 한다.'는 말도 안 되는 말을 하는 분들도 계십니다. 배고프면 맥 빠지는 건 누구나 마찬가지입니다. 물론 배가 고파도 시는 쓰겠지요. 한마디로 시인은 이래도 저래도 시를 쓸 수밖에 없는 사람입니다. 천형(天刑)인지, 천혜(天惠)인지는 모르겠지만요.

"뭐하는 분이세요?"

"시인입니다."

"시인요? 멋져요."

"왜요?"

"……."

실제로 오늘 나눈 대화입니다. 이유가 없이 멋진 게 시인인가 봅니다. 아니면 시인은 멋져야 하는 건가 봅니다. 그런데 멋질 이유를 여태 찾지 못했습니다. 이곳저곳에서 공짜로 시를 찾아볼 수 있어서 멋진 걸까요? 저도 잘 알고 있습니다. 사명감이 부족하다는 것을요. 그러고 보니 저도 다른 시인들을 보면 멋져 보이긴 합니다. 이유는 알 수 없지만요.

시는 만져지지 않을 뿐, 존재하는 것이지요. 바람처럼 보이지 않아도 느낄 수 있는 것이지요. 때때로 열사병처럼 시를 앓는 이들을 저는 '시인'이라고 부릅니다.

희망의 노래

AD(attention deficit 주의력결핍)와 HD(hyperactivity disorder 과잉행동장애)의 증상이 심해지면 잠시도 가만히 있지 못한다고 합니다. 미국의 한 학생도 그랬습니다. 발이 크고 다리는 짧은데다, 팔은 길어 '괴물'이라고 놀림을 받던 그 아이의 어머니는 수영을 통해서 아이가 집중할 수 있게 했습니다. 그 후 아이는 2004년 아테네 올림픽에서 무려 6개의 금메달을 획득했으며, 은퇴하기까지 통산 28개의 올림픽 메달을 획득했습니다, 그가 바로 7살에 ADHD 판정을 받은 '마이클 펠프스'입니다.

어떤 검사든 완벽할 수 없고, 세상에 기적은 언제나 우리 곁에서 씨앗을 뿌리지만, 우리가 짓밟아 버리는 경우가 많지요. 어둠의 끝자락이 빛이라면, 빛의 끝자락 또한 어둠일지도 모릅니다. 그래서 절망의 끝자락은 희망일 것이라고 여과 없이 받아들이면서도, 희망의 끝자락이 절망일 리는 없다고 도리질을 하지요.

그래요. 희망은 그대로 두기로 해요. 끝자락이 없는 희망을 그대로 두자고요. 우리가 살아가는 세상은 언제나 희망과 절망이 시소처럼 위로, 아래로 끝없이 오르내리지요. 슬퍼질 때마다 절망을 일으켜 세우는 건 언제나 희망입니다. 어떤 일이건 처음에는 늘 망설여지고, 겁이 나는 것은 사실이지요. 첫걸음을 내딛을 때의 두려움과 공포는 말할 나위도 없지요. 마침내 첫걸음에 성공했을 때의 희열은 금방 잊히고 말지만, 천천히 한 걸음씩 내디딜 때 부모님의 웃는 얼굴도 보이고, 강아지가 하품하는 것도 발견할 수 있겠지요. 그렇지만 한 걸음이 두 걸음이 되고, 점점 걸음이 늘어날수록, 어느새 질주하고 있는 당신을 발견하게 되지요. 걸음이 빨라질수록 엄마의 얼굴도, 아빠의 얼굴도, 강아지의 얼굴도 기억에서 사라져가고, 마침내 스스로를 돌아볼 여유도 없어집니다.

가끔 천천히 주위를 둘러볼 수 있는 사람이 되어 보기로 해요. 당신, 지금껏 열심히 달려왔잖아요? 오늘은 저와 함께 조용한 음악을 들으면서 차 한 잔 마시기로 해요. 시 한 편, 소리 내서 읽어보는 것도 좋을 것 같아요.

함께 젖어가는 일

어린 남매가 조그만 돌다리를 건너려나 봅니다. 오빠가 먼저 폴짝폴짝 뛰어 개울을 건너갔습니다. 예닐곱 살 정도 된 오빠가 개울 건너에서 두 손을 모으고 소리쳤습니다. “안 무서워! 물도 얕다고!”

여동생은 멀리 오빠를 바라보며 떨고만 서있었지요. 제가 애를 안고 건너가 줄까 싶었지만, 어떻게 하는지 좀 더 지켜보기로 했습니다. 오빠가 다시 건너왔습니다.

“오빠가 업어줄까?”

동생은 고개를 가로저으며 “넘어지면 어떡해?” 라고 말했습니다. 아무래도 제 눈에도 어린 오빠의 등이 못 미더웠나 봅니다. 오빠가 다시 동생에게 잘 보라고 돌다리를 밟으려다가, 그만 발을 헛디뎌서 넘어졌습니다. 그때 놀라운 일이 벌어졌지요. 순식간에 여동생은 넘어진 오빠에게 달려가서 오빠를 일으켜 세웠습니다. 이미 제 몸은 다 젖었는데도 말이지요. 좀 전까지 개울을 두려워하던 소녀는 온데간데없었습니다. 그리고 둘은 돌다리를 무시하고, 개울로 첨벙첨벙 씩씩하게 손을 잡고 건너갔지요. 감동적인 장면이었습니다.

세상을 살아가다 보면 헷갈릴 때가 많습니다. 당시 남매의 모습은 오랫동안 저에게 청량제가 되어주는 기억으로 남았습니다. 묵묵히 당신을 응원하는 사람들도 있고, 당신이 위기에 처했을 때, 위험을 두려워하지 않고 도와주는 사람들도 있을 겁니다. 그보다 먼저 당신이 그런 사람이 되어야겠지요. 저 오빠처럼 말이지요. 간혹 저를 위해주는 사람이라고 감사했던 분이 철저하게 저를 이용한 적도 있었고, 그 반대의 경우도 많았습니다.

얼마 전에는 신호대기 중에 옆 차 운전자가 제게 소리치기에, 욕설을 하는 줄 알았는데 저에게 타이어가 펑크 난 것을 알려주려고 한 것이더군요. 당신에게도 수많은 선의와 악의의 관계들이 있겠지요. 대부분은 무채색으로 다가오지만, 시간이 지날수록 뚜렷한 원색에 가까운 모습을 보여줍니다. 저와 함께 변별력을 키워보기로 해요.

트라우마

우리는 모든 것을 기억할 수 없습니다. 나쁜 기억과 좋은 기억을 모두 기억하게 되면, 삶은 더 힘들어질 수밖에 없습니다. 아무리 좋은 기억을 떠올리다가도, 나쁜 기억이 겹치면 한순간에 우울해지니까요. 그래서 우리의 뇌는 이들을 선택할 수 있는 능력을 가지고 있습니다. 신기하지요? 기억하려고 하는 것들만 기억하는 놀라운 능력을 가지고 있답니다. 특히 유년기에는 그 능력이 탁월하지요.
부모님으로부터 심하게 학대를 받은 아이들이 자라서, 범죄를 저지를 가능성이 높은 이유는, 이러한 능력들이 변이되기 때문입니다.
자꾸만 기억에서 나쁜 기억을 지우려고 하다 보면, 어느 순간 잠재된 기억창고 속으로 모여들게 됩니다. 결국 자신도 모르게, 행동에도 영향을 미치고 말지요. 아무리 지우려고 노력해도 지워지지 않는 것을 우리는 '트라우마'라고 부릅니다. 다른 이들에게 지울 수 없는 정신적 외상을 남기지 않도록, 늘 신중하고 조심하기로 합니다.

내일을 기다리는 오늘

어제를 보내고 나면 어김없이 오늘이 찾아오지요. 한 치의 오차도 없이 찾아오는 오늘을 매일 의심하면서 살아가는 건 아닌지요? 어제였던 오늘, 비겁했던 순간들이나 부끄러운 행동을 할 수 있는 것은 내일이 없는 사람들의 몫입니다. 내일은 반드시 오늘의 대가를 요구하지요. 혹시나 하는 마음으로 오늘을 보내면 내일은 잊지 않고 찾아와 손을 내밀지요. 내일을 기다리는 이유가 오늘을 잊기 위한 것이 아니기를 바랍니다.

어제가 오욕의 무덤이 아니었기를 간절히 바랍니다. 그리고 오늘은 어제의 간절했던, 또 한 번의 기회가 되는 내일이 되어 주기를 바랍니다. 매일 매일 어제와 오늘의 수정을 통해서 내일을 잉태하는 것은 변하지 않고 반복되는 현실입니다. 그러나 사소한 실수들조차 오욕의 범주에 넣는 일은 없어야 합니다. 그래야 내일이 기다려질 테니까요. 당신과 나, 내일을 기다리는 사람이 되어 보기로 해요. 오늘도 잘 자요. 당신.

재활용 파지(破紙)

칼날이 두려울 때는, 칼끝이 우릴 향할 때입니다. 하지만 그런 칼날조차 두렵지 않을 때가 있습니다. 정의의 이름으로 부정과 마주했을 때가 그러합니다. 설사 다칠지언정 부끄럽지 말아야 합니다. 일제강점기에 민족의 넋을 교수(絞首)하는 데 앞장선 시인을 기리는 문학상이 마침내 한 언론사의 주관으로 제정되고 말았습니다. 그의 작품은 오욕의 역사마저도 가릴 만큼 위대한 것이었나 봅니다. 그의 작품 중에서 최고의 작품은 우열을 가리기는 힘들겠지만, 굳이 추려내자면 20살에 가미가제 특공대로 전사한 조선청년을 기리는 〈송정(松井[마쓰이:まつい] 오장(伍長) 송가(頌歌)〉와 군사쿠데타로 권력을 장악한 자를 '한강을 넓고 깊고 맑게 만든 분'으로 격상한 〈처음으로〉가 아니었던가요.

문학인들 중에는 생전 혹은 사후에 작품이 알려져 유명세를 타는 분들이 많지요. TV에 출연하여 독자들과 더 친숙해지거나, 창작 외의 다양한 활동을 하는 경우를 제외하고는 대부분 사후에 작품 또는 작가가 알려지는 경우가 많습니다. 물론 이 두 가지의 경우 모두를 합한 수보다 더 많은 작품들이 재활용 쓰레기, 종이류에 분류되어 파지로 버려집니다. 매일같이 발간되는 신간 도서들이 한 장도 펼쳐지지 못한 채 죽어가기도 합니다. 이 중에서 죽어 마땅한 작품들도 많겠지만, 정말 아까운 작품들도 있겠지요. 어떻게 해야 할까요.

어떻게 하면 이런 작품들을 찾아내서 살릴 수 있을까요.

하늘과 땅이 나누어지지 않은 상태를 혼돈스럽다고 합니다. 분간이 가지 않는 불안정한 심리상태를 묘사할 때 쓰이지요. 혼돈스러운 것과 혼란스러운 것, 복잡과 난잡 등의 단어들은 도무지 구분이 가지 않아요. 적어도 제게는 그러합니다. 특히 독자가 무엇을 원하는지 도무지 모를 때 더욱 그러하지요. 한자를 병용하는 우리 문학의 현실은 인정할 수밖에 없지만, 겉멋이 들까 봐 걱정되기도 해요. 신문이나 뉴스를 접할 때 한자는 빠진 채 한글로만 표기되어 오히려 혼선을 빚게 될 때마다, 정보가 제대로 전달되고 있는 건지 우려됩니다. 쓸 거면 정확하게 쓰든지, 자신 없으면 아예 쓰지 말든지 그랬으면 좋겠습니다. 재활용 파지가 더 늘어나는 일은 없었으면 좋겠습니다.

쉬어가는 점

자신의 생각을 너무 쉽게 바꾸어선 안 됩니다. 다른 사람의 이야기에 혹해서 수시로 생각을 바꾸다 보면 주관이 사라지고 말지요. 그렇게 되면, 매일 중심을 잃고 잡념에 혼란을 겪게 마련이지요. 자신의 생각에 자신이 없을 때는, 차라리 휴식을 가지세요. 아무 생각을 하지 않는 것이 휴식입니다. '편안한 생각'이란 이 세상 어디에도 없으니까요. 좋은 생각일지라도 너무 깊이 빠져들면, 상념이 됩니다. 쉰다는 것은 아무 생각도 하지 않고 할 수 있는 휴식을 뜻합니다. 완벽하게 쉬어 주어야만, 혼란이 사라지고 세상의 유혹에 쉽게 흔들리지 않는 법이지요.

점 하나를 찍으면 '끝'을 의미하는 마침표가 됩니다. 그 점에 눈물 한 방울 떨어뜨리면 쉼표가 되지요. 우리의 삶이 끝나기 전까지는 쉬어가는 시간이 필요합니다. 때로는 슬픔이, 때로는 좌절이 찾아온다고 해도 마침표를 찍지 않는다면 아직까지는 쉼표입니다. 우리, 오늘은 제대로 쉬어가기로 해요.

5

그대로의 사랑

사랑에 대한 정의

지나친 사랑은 사랑이 아닙니다. 사랑의 무게로 사랑을 짓누르면 그 심장이 숨조차 쉴 수 없으니 언제나 사랑은 조금 비워 두어야 합니다. 그게 사랑입니다. 지금 사랑하고 있는 당신의 그대가 무엇을 하고 있는지 궁금한가요? 그래야지요. 그럴 수 있습니다. 하지만 거기까지입니다. 당신이 사랑하는 그대는 언제나 그대만을 사랑하고 있으니까 확인하려 하지 마세요. 사랑을 지키기 위해 일을 하고 있고, 사랑을 지키기 위해서 생각을 하고 있으니까요.

이 세상에 그 사람이 사랑하는 사람은 오직 당신입니다. 오늘이 화요일이어서 당신을 사랑합니다. 어제가 월요일이어서 당신을 사랑했듯이, 내일은 수요일이라서 더 사랑하게 되겠지요. 언제나 당신을 사랑합니다. 당신이 그분의 사랑을 몰라준다고 해도, 그분의 사랑은 멈출 수가 없음을 이미 당신은 알고 있습니다. 그래서 당신에게 미안해합니다. 당신을 사랑하는 사람이 하필이면 그 사람이라서 미안하다고 합니다. 그래도 다행입니다. 그 사람이 그리도 사랑하는 사람이 당신이라서 정말 다행입니다.

숨이 막힐 것 같은 추위와 두려움이 온몸을 휘감아도, 우리가 끝내 놓지 말아야 할 것은 사랑입니다. 그 사랑의 이름 앞에서 무슨 이치가 있고 무슨 도리가 있을까요? 단지 그 이름 그대로의 사랑일 뿐입니다. 겨우 사랑일 뿐입니다. 사랑을 하지 않으면 더 힘든 외로움을 겪어야 하겠지요. 남들이 다하는 사랑 정도는 우리도 해줘야 합니다. 그래서 수많은 사람들이 노래를 부르고 시로 남기는 거니까요. 겨우 사랑일 뿐이니까요.

사랑. 이렇게 쉽게 발음할 수 있고, 누구나 불러 볼 수 있는 '사랑'이란 녀석은 귀가 밝은 편이 아닌지라, 때로는 소리쳐 부르고, 마음을 다해서 또 불러보아도 대답하지 못할 때가 많지요. 하지만 사랑의 존재를 부정할 수는 없답니다. 방금 제가 그랬지요? 단지 귀가 어두울 뿐이라고요. 그래서 반복이 필요합니다. 사랑한다는 표현도 자주 해주어야 겨우 들을 수 있고, 손을 자주 잡아 주어야 느낄 수 있는 사랑, 부지런을 떨어야 지킬 수도 있나 봅니다.

당신만 빼고 사랑하는 것 같은가요? 당신도 사랑하는 것 같은가요? 전자의 경우 당신만 바뀌면 되고, 후자의 경우 우리 모두가 바뀌어져야 합니다. 당신만 빼고 다른 사람들이 모두 사랑을 하고 있다고 느꼈다면, 당신도 사랑할 준비를 해야 합니다. 그러려면 당신이 먼저 바뀌어져야겠지요. 하지만 당신도 사랑을 하고 있다면, 당신도 바뀌어져야 합니다. 본질을 이야기하는 것이 아니라 마음을 이야기하는 겁니다. 사랑은 표현이 중요하니까요. 내 마음을 보여줄 수 있어야 하고, 그 마음을 알아주어야 하니까요. 문제는 말처럼 그리 쉽지 않다는 게지요. 뭘? 어떻게? 무엇부터 바뀌어져야 하는지 도무지 알 수가 없다는 것이 문제겠지만요. 사랑이라는 것이 원래부터 그리 생겨 먹은 걸 어찌해야 할까요. 좀 그렇지요?

이별도 사랑의 다른 이름입니다. 사랑은 하는 것이고, 이별은 사랑했던 것입니다. 미움이 더 크게 남았나요? 미움이 분명한가요? 미련이 아니라는 것이 확실해요? 그렇다면 당신 스스로를 탓하지도, 그를 탓하지도 마세요. 미움을 탓하셨으면 해요. 그게 사랑이었다면 말이지요. 사랑에게 미움은 어울리지 않으니까요. 차라리 미련이라면 몰라도 말이지요. 미련은 사랑하는 내내 가지는 마음이니까요.

사랑은 비좁은 욕조에 뜨거운 물을 받아놓고, 발가락만 담그고 간을 보는 것이 아닙니다. 온몸을 담그고 너무 뜨거워서 뛰쳐나오거나 익숙해지거나 그런 것이 아닐까요? 사랑을 하는데, 조금만 사랑해보고 결정하는 어리석은 마음을 갖지 마세요. 그럴 시간을 주지도 않거든요. 그런데도 서서히 사랑에 빠진다는 착각을 하지요. 사랑은 심한 경우에 그 사람의 얼굴을 보자마자 빠져 버리는 경우도 있어요. 설사 그렇다고 해도 당황하지 마세요. 그 사람도 당신에게 그렇게 빠져들었을 테니까요.

날아올라야 할 때

탈무드에 이런 이야기가 있었던 걸로 기억해요. 두 소년이 굴뚝을 청소하게 되었지요. 청소를 마치고 소년 둘은 서로 마주보았습니다. 한 소년은 얼굴이 깨끗하고 한 소년은 검은 검댕이가 가득 묻어 있었지요. 둘 중에서 누가 먼저 세수를 하러 갔을까요? 정답은 깨끗한 소년이랍니다. 왜냐하면 그는 지저분한 소년의 얼굴을 보고, 본인 얼굴도 지저분하다고 생각했고, 상대는 그 반대의 생각을 한 것이지요. 우리는 두 소년 중 어디에 해당되는 걸까요?

반성할 것도 없는 사람들은 매일같이 반성을 하고, 정말 반성해야 할 분들은 당당하기만 합니다. 우리가 스스로를 자주 돌아보아야 할 이유가 여기에 있습니다. 스스로의 가치를 모르고 하루하루를 살아가는 건, 시간을 허비하는 거겠지요.

오리와 닭은 울음소리만 다를 뿐, 하늘을 날 수 없다는 치명적인 약점을 갖고 있다는 공통점이 있습니다. 학도 알에서 태어나지요. 알에서 깨어나고 자라면서 정체성을 알아가게 됩니다. 커다란 날개를 숨길 수 없는 학처럼, 큰 사람은 대번에 알아볼 수 있습니다. 스스로의 가치를 모르고 오리와 닭의 우리에 당신을 가둬두지 마세요. 자유롭게 날아다닐 사람은 꼬꼬댁거려서는 안 됩니다. 닭들의 무리를 하루빨리 벗어나, 저 높고 푸른 하늘로 날아가야 하니까요.

주위를 둘러보세요. 내가 지금 머물기에 잘 어울리는 곳인지, 그게 아니라면 어서 박차고 날아오르세요. 같은 호수에 머무른다고 해서 백조와 오리가 같을 수는 없으니까요. 반성하고 자성(自省)하는 일은 스스로의 그릇을 가늠해볼 수도 있고, 머물 곳인지 떠날 곳인지도 깨닫게 해준답니다.

뾰족한 외로움

우리나라는 사계절이 뚜렷하지요. 봄, 여름, 가을, 겨울이 저마다 어찌나 아름다운지요. 지금은 겨울입니다. 그런데 당신, 지금 울고 있네요. 그냥 눈물이 나는가요? 그럴 수 있습니다. 얼마든지 그럴 수 있어요. 추운 날씨에는 누구나 눈물이 나기 때문에 아무것도 아니거든요. 토닥토닥 당신의 지친 등을 다독여 드립니다.

겨울나무는 저마다 뾰족하고 날카로운 가지를 드러내고 있지만, 멀지 않아 봄이 오면 부드럽게 새잎으로 당신을 반길 거예요. 그때까지 거친 나뭇가지를 나무라지 마세요. 기다림은 그래서 아름다운 산의 풍경을 만들어 내기도 하지요. 부드러움을 지키기 위한 세상, 모든 까칠한 것들을 아끼고 사랑할 줄 아는 마음을 가져야 합니다. 까칠한 성격을 가진 사람이라고 해서 미워하지 마세요. 불편하겠지만, 조금만 참고 기다려주세요. 기다림은 아름다운 것이니까요.

그대로의 사랑

사랑이라는 거, 남김없이 모두 준다는 각오로 시작한다고 해도, 밑질 것 하나 없는 일입니다. 그리해도 결국 '추억과 그리움'이라는 이문으로 남는 일이기 때문입니다. 물론 덤으로 아픔이 남을 수도 있지만, 그래도 남는 장사입니다. 사랑은 받는 것이 아니라 주는 것이 더 행복하다는 것, 이제 모르는 사람이 없더군요. 그러고도 사랑을 받기만 하려는 당신은 도무지 무슨 심보인지 알 수가 없네요.

단점이 없는 사람은 없습니다. 그럼에도 불구하고 자기가 사랑하는 사람은 '완벽한 사람'이라는 환상을 가집니다. 환상이 깨지는 순간부터 실망하고, 다투는 일이 잦아집니다. 이 세상에 완벽한 사람은 존재하지 않습니다. 때론 이별을 맞이하기도 합니다. 이미 우리는 잘 알고 있습니다. 매번 사랑에 빠질 때마다 완벽한 사람이길 꿈꿀 뿐이라는 것을요. 환상(幻想)입니다. 달콤하고 부드러운 솜사탕처럼 빠져드는 환상이지요.

나쁘지 않습니다. 환상이라는 것이 없다면, 처음부터 사랑은 불가능합니다. 사랑에 빠진 후에도 환상이 유지될 수 있다는 것도 문제입니다. 마치 사람이 죽지 않고 영생을 얻으면, 여러 가지 문제가 생기는 것처럼, 환상에서 깨어날 시간에는 깨어나야 합니다. 그리고 그때부터 진실한 사랑을 하게 되는 겁니다. 엄밀하게 말하면, 환상이 깨지면서 헤어지는 연인들은 사랑을 시작해보지도 못한 거지요.

현실의 그가 아닌, 환상 속의 그와 잠시 사랑에 빠진 것뿐이니까요.

진정한 사랑은 상대의 장단점들을 알고, 곁에 머무르는 사람입니다. 장점은 유지하고, 단점을 장점으로 바꾸어 줄 수 있는 것도 결국 사랑의 힘이지요. 어둠은 부끄러움을 가려주기도 하지만 부끄러움을 드러내기도 합니다. 사랑도 이렇게 양면의 모습을 보이지요. 너무 편하면서도 너무나 불편하게 하는 관계, 위로가 되기도 하면서 구속이 되기도 하는 사랑은 어떤 걸까요?

떠난 사랑이 다시 찾아와 당신에게 말을 건넬 때도 있습니다. 정말 신중해야 합니다. 그 사람에겐 당신이 아니면 안 될지 몰라도, 당신에게는 그 사람만 아니면 될지도 모르니까요. 사랑은 동정이나 구걸이 아닙니다. 당신도 마찬가지랍니다. 당신에게 그 사람이 아니면 안 되는 사랑이라 해도 그 사람에게 당신이 아니라면 놓아주세요. 당신이 지금보다 더 힘들어질 수도 있으니까요.

집착은 사랑이 아니라고들 합니다. 맞는 말입니다. 하지만 사랑하기 때문에 집착한다는 말도 어느 정도는 맞는 말입니다. 멋지게 좀 더 큰 사랑을 품어 보세요. 그러면 거짓말처럼 집착 대신 애정이 더해지고, 사랑하는 것보다 더 사랑하게 마련입니다. 사랑을 사냥하지 마세요. 다른 이들을 배려할 줄 모르는 사람들은, 진정 외로움의 대가를 치러야 한다고 생각합니다. 그런 사람이 사랑조차 한다면 그 사랑조차 외로워야 마땅합니다. 무엇보다도 그런 사람이 만나는 사랑은 사랑이 아니어야 합니다. 그래야 사랑이 사랑에게 당당한 '있는 그대로의 사랑'일 수 있으니까요.

한 사람을 아프게 한 사람은 두 사람에게도 아픔을 쉽게 주는 법입니다. 그 사람이 비로소 사랑을 깨닫고 사랑이란 걸 하게 되면, 그 사랑이 얼마나 아프고 힘든 일이었는지 알게 되겠지요. 부디 사랑하세요. 바라볼 수 있을 때가 행복입니다. 그리워할 수 있을 때가 그나마 행복이지요. 바라볼 수도, 얼굴을 떠올릴 수조차 없는 그리움은 얼마나 아플까요? 그렇게 잊히는 사랑들이 우리들에게 얼마나 많았을까요? 사랑은 배려와 소통의 또 다른 이름입니다. 곁에 있는 이들을 많이 사랑해야 할 이유입니다.

소통은 어렵지 않습니다. 서로 원하는 것을 주면 되지요. 선물을 원하면 선물을 주고, 사랑을 원하면 사랑을 주면 됩니다. 이것들이 뒤바뀔 때 문제가 생긴답니다. 제일 쉬운 방법은 모두 다 줘 버리는 겁니다. 다 주고도 소통이 되지 않는다면 그 사람은 그냥 당신이 싫은 겁니다. 최근 들어 이런저런 사랑은 피해야 한다고 일러주는 분들이 많아졌습니다. 피해야 할 사랑에 대해서 제게 물어보신다면, 그런 사랑은 없다고 말해주고 싶어요. 아프지 않은 사랑은 드문 일입니다. 저마다 느끼는 아픔의 정도는 있겠지만, 그래도 세상 모든 사랑은 어느 정도의 아픔은 반드시 필요합니다. 나무 한 그루가 자라기 위해서는 강렬한 햇볕도 견뎌야 하고, 거센 바람도 이겨내야 하듯이, 사랑이 커가는 데에도 수많은 크고 작은 아픔들이 필요합니다.

당신이 지금 아프다면, 제대로 사랑입니다. 영국의 평론가 토머스 칼라일(Thomas Carlyle)은 아내의 묘비명에 "40년 동안 아내는 나의 진실한 친구였다. 내가 하는 일이면 무슨 일이건 믿어주고 그 말이나 행동으로 걱정을 한 적이 없었다. 그녀를 잃은 나는 생의 빛을 잃은 것처럼 캄캄하다."라고 남겼습니다. 남편과 아내는 사랑으로 만나서 이루어진 관계지만, 믿음으로 함께 해야 합니다. 믿음이 사라지는 순간, 한 공간에서 함께 할 수 없는 남남이 되어 버리니까요. 서로를 걱정하고 배려하는 마음은 부부가 평생 가져가야 할 소중한 보물과도 같습니다.

사랑할 때는 용서되던 모든 것들이, 그 사랑이 멀어질 때는 분노와 원망의 이유가 되기도 합니다. 사랑의 막바지에 보상을 바라는 것은 아픔과 추잡스러움을 배가시킬 수도 있음을 명심해야 합니다. 사랑할 때 주었던 감정들에 대한 기대감은 그 어디에도 없어야 합니다. 사랑은 전설이 아니어야 하기 때문입니다. 사랑은 이런저런 이물질이 섞이는 순간, 이미 사랑이 아닙니다. 사랑은 그대로의 사랑이어야 하지요. 혹시 오늘 소중한 이와 다투셨나요? 그럼 혼자 시간을 갖지 마세요. 오늘 일이 아니라, 그 이전에 서운했던 감정들까지 하나둘 더해질 수도 있으니까요. 당신 자신보다 그 사람을 더 아끼고 사랑했던 시간을 기억해야 합니다. 헤어지기로 마음을 먹었다면, 그냥 헤어지는 것이 서로를 위한 일이랍니다. 헤어질 준비가 되지 않았다면, 어서 먼저 다가가세요. 그가 잘못한 일보다 내가 미안해야 할 일을 먼저 기억해내고, 그 부분을 '미안하다'고 말해 주세요. 그런 것이 전혀 없다면 당신은 그 사람을 사랑하고 있지 않습니다. 사랑은 옳고 그름의 문제가 아니라, 모든 것을 줄 수 있는 마음뿐이니까요.

사랑하는 이들끼리도 '미안하다'고 할 줄 알아야 합니다. 지금 당신이 한숨을 쉬는 이유는 당신이 품은 사랑이 너무 큰 탓입니다. 지금 눈물이 흐르는 것은, 바다보다 더 깊은 사랑을 하는 탓입니다. 사랑은 그래야 하는 거니까요. 그 사람을 아프게 하면 몇 곱절 당신 자신을 더 아프게 하는 거니까요. 사랑하는 사람을 아프게 하지 말자는 다짐을 수도 없이 했겠지만, 당신은 또 그를 아프게 합니다. 당신이 서툰 탓도 있지만, 그를 너무 사랑하기 때문이기도 합니다. 사랑이 크고 깊을수록 흔들림은 서서히 사라집니다. 파도처럼 부족한 호흡을 고르며, 바다로 점점 빠져드는 중이니까 힘이 드는 거지요.

누군가 그랬습니다. 공부가 안 되서 우울할 땐 공부를 하면 된다고. 사랑이 안 되서 힘이 들면 사랑을 하면 된다고, 누군가 그랬습니다. 그렇게 하면 된다고 누군가 말했습니다. 그 누군가가 기억이 나지 않습니다. 저의 혼잣말이었을지도 모르겠습니다. 헤어진 사람에게서 '잘 지내니?'라는 문자나 전화를 받은 적 있으신가요? 잘 지낸다고 대답하면, 수화기 너머에서 한숨소리와 함께 힘없이 '그래'라고 합니다. 대개 사랑을 더 많이 받은 사람이 이렇게 먼저 연락을 해오지요. 사랑을 주기만 해 본 사람은 잘 알고 있지요. 어떤 미련도 남아 있지 않을 만큼 아파본 사람은 대꾸조차 하고 싶지 않다는 것을요.

비가 내리는 날은 사랑하기에도, 이별하기에도 잘 어울립니다. 누군가에게 꽃잎처럼 내리는 비가, 누군가에게는 눈물처럼 내리는 비가 되기도 하지요. 그 빗줄기 사이로 그리움이 내립니다. 누구나 처해져 있는 상황에 따라, 주위의 것들이 달리 보이게 마련입니다. 비 내리는 오늘, 한 남자와 한 여자가 한동안 비를 맞고 길 위에 서서, 이별을 이야기하는 모습이 보입니다. 남자가 먼저 돌아섭니다. 뒤를 돌아보지 않고 걸어갑니다. 여자는 한동안 그곳에 서서 비를 맞으며 젖어갑니다. 그들을 지켜보는 저도 함께 젖어갑니다. 어제 그리도 사랑했던 기억이 오늘은 희미해져가고 있나요? 내일에 대한 확신은 기대할 것도 없겠군요. 어제 한 것이 과연 사랑인지조차 알 수 없겠지요. 당연하지요. 사랑이 아니니까요. 사랑은 '사랑일까?'라는 생각이 드는 순간부터 사랑입니다. 어제에 대한 기억조차 희미해진다면, 사랑이 아님이 분명합니다. 어제의 술기운에, 사랑으로 착각할 수도 있으니까요.

사랑은 잊고 싶어서 잊히는 것도, 기억하려 해서 기억하는 것도 아닙니다. 잊을 수 없으니 사랑이지요. 그래서 사랑은 아름답고도 잔인한 이름입니다. 사랑은 불평등합니다. 두 사람이 사랑을 하면 언제나 불평등합니다. 사랑을 하게 되면 '나'는 중요하지 않습니다. 내가 입는 옷과 내가 신는 신발보다, 그가 더 멋져보여야 합니다. 내가 한 번도 해 본 적도 없는 보석을 그녀에게 선물하고 싶은 마음도 '그녀'가 더 소중하기 때문입니다. 사랑은 언제나 불평등합니다. 당신이 아프다고 하면, 그가 더 아파합니다. 당신을 택시 태워서 집으로 보내고, 차비가 없어서 걸어간 그를 당신은 사랑합니다. 사랑은 언제나 시소처럼 그와 당신이 번갈아 오르내리지만, 언제나 그를 하늘 높이 올려두고 싶은 마음입니다. 당신이 행복하다면 나는 어찌 되어도 상관없는 불평등한 마음이 사랑의 시작이지요.

귀 기울이는 일

지혜로운 사람은 배우기를 멈추지 않습니다. 어린 사람이건, 배운 사람이건, 가진 사람이건 아니건 가리지 않고 무언가 배우려고 하지요. 상대의 이야기에 귀를 기울이고 관심을 가지는 일, 배움의 시작입니다.

어리석은 사람일수록 요란스럽게 가르치려 들지요. 본인이 알고 있는 지식을 최대한 현학적으로 표현하여, 자신의 지식이 얼마나 얕은지를 드러내기도 합니다. 명심하세요. 어떤 자리에서든 당신보다 더 지혜로운 사람이 반드시 있게 마련입니다. 당신이 하는 말에 고개를 끄덕이는 것은, 어쩌면 당신에게 더 배울 것이 있어서가 아닙니다. 혹시 당신이 이야기를 하다가 잘 모르는 부분이 있으면 도움을 요청하라는 의미일 수도 있습니다. 지혜로운 사람은 근본적으로 상대의 이야기를 경청하는 자세를 보여줍니다. 여럿이 함께 자리한 곳에서 혼자 떠들고, 당신의 말에 누가 반론을 제기한다고 발끈해서 언성을 높인다면 어리석은 사람임을 기억하세요.

함께하는 용기

'용기'에 대해서 생각해봅니다. 용기는 보통사람들을 특별하게 만드는 마음을 뜻합니다. 침몰해가는 배에서 자신의 목숨을 버리고, 수많은 사람들을 구해낸 영웅도 있지요. 그분들도 모두 보통사람들이었지요. 참아내는 것도 용기라는 것 아시나요? 누군가로부터 모욕적인 말을 들었을 때, 참아내는 것에도 용기가 필요합니다. 어떤 이는 '그런 이야기를 듣고 왜 참았냐.'라고 나무라기도 하지요.

모욕을 주려고 작정을 한 사람과는 언쟁을 벌이지 않는 것도 용기입니다. 얻을 수 있는 것이 아무것도 없으니까요. 그 자리를 벗어나는 것도 용기입니다. 차마 그 자리를 벗어날 수 없어서 다투면, 그 과정에서 불필요하게 오해를 받을 수도 있습니다. 사사로운 감정으로 언쟁을 벌이는 사람들은, 평소에도 여러 사람과 시비가 붙는 경우가 많지요. 그런 사람들과 다투는 것은 그들이 바라는 바지요. 그래서 용기가 필요합니다.

불필요한 다툼을 하지 않는다고 비굴하거나, 비겁한 것이 아닙니다. 시간이 흐르고 나면, 진실은 반드시 밝혀지니까요. 용기는 부딪힘이 아니라, 물 흐르듯이 흘러가게 하는 순리를 따르는 일입니다. 가장 강한 것은 부드러운 용기입니다. 눈을 가리고 산길을 걸어 보신 적 있으신가요? 예전에 학교에서 야영 행사가 있어서 참석한 적이 있습니다. 텐트도 설치하고, 식사준비로 부산했지요. 그리고 야영의 꽃이라 할 수 있는 장작불을 피우고 둘러앉아서 즐거운 대화를 나누고 있었지요.

그때 한 학생이 걱정을 내비칩니다.

"선생님, 비가 오면 어떻게 해요?"

그러자 다른 학생도 다른 걱정을 보탰습니다.

"이곳에는 멧돼지나 늑대도 있을 것 같아요."

"비가 오면, 텐트가 있으니까 걱정이 없단다. 그리고 여긴 안전해서 짐승들이 오진 않으니 걱정 마."

선생님들이 설명했지만, 이곳저곳에서 웅성거리기 시작했지요. 불안한 마음은 들불처럼 번졌습니다. 그때 한 가지 생각이 떠올랐습니다. 마침 행사를 기념하는 손수건들이 있어서, 다들 꺼내라고 했지요. 그리고 눈을 가리고, 옆 사람의 손을 잡으라고 했습니다. 그리고 모두 조용해질 때까지 기다렸지요. 따스한 온기가 손에서 손으로 전해졌지요. 지금도 무섭냐고 물어봤더니, 모두 큰 소리로 아니라고 대답했습니다.

"불안한 마음은 언제나 혼자라고 느낄 때 생기지요. 지금 들리는 물소리, 바람소리에 귀를 기울여보세요. 지금 우리는 앞이 보이지 않아요. 그런데도 두렵지 않은 것은, 서로를 믿고 의지하고 있기 때문입니다. 자, 이제 손수건을 풀어도 좋아요."

장작불이 타닥타닥 소리를 내며 타오르고, 표정이 환하게 밝아진 아이들의 얼굴을 하나하나 흔들리며 비추어주고 있었지요. 함께 할 수 있었기 때문에 더 큰 용기를 낼 수 있었던 그날을 기억합니다. 칠흑처럼 캄캄한 밤하늘에는 쏟아져 내릴 듯, 수많은 별들이 보석처럼 빛나고 있었음은 말할 것도 없었지요.

호떡

호떡을 사 먹었습니다. 호떡을 먹어본 지가 30년은 족히 지났을 것 같아요. 먹을 때마다 감춰진 뜨거운 설탕물이 뚝 떨어져서 매번 곤욕을 치렀지요. 문제의 그 설탕물을 어렸을 때는 '꿀물'이라고 불렀답니다. 그 꿀물이 이번에도 하얀 셔츠에 떨어졌습니다. 웃음이 났습니다. 수십 년이 지나도 저는 왜 바뀐 것이 없을까 싶어서요.

"할머니, 오랫동안 장사하시네요. 너무 맛있어요."

반가운 마음에 인사를 건넸습니다. 잔돈을 제게 거슬러 주시면서 할머니가 말씀하셨지요.

"저는 며느리예요. 시어머니는 십 년 전에 돌아가셨지요."

그랬습니다. 제가 어릴 때 뵈었던 할머니인 줄 알았는데, 그분이 돌아가시고, 며느리가 같은 자리에서 쪼그려 앉아서 호떡을 굽고 계셨지요. 가게도 아니고 식육점 앞 노전에서 몇십 년 동안 호떡을 굽고 계신 고부(姑婦)를 보면서 묘한 감동이 밀려왔습니다. 오늘은 가족과 함께 호떡을 양껏 먹는 날입니다. 여전히 '꿀물'은 조심해야겠지만.

첫사랑

첫사랑, 풋풋하고 싱그러운 느낌이 들지요. 왜일까요? 우선 어린 나이에 시작할 수 있어서 그러하고, 서툴기만 해서 그러하겠지요. 익숙하지 못한 이성에 대한 감정이 처음이라 강렬했고, 그 강렬함이 오랜 시간, 사랑을 기억하는 동력이 되어주기 때문이지요. 하지만 누군가에게는 슬픈 기억일 수도 있답니다. 불의의 사고로 유명(幽明)을 달리하여 첫사랑을 잃어버린 그녀가 그랬습니다. 그녀의 첫사랑은 수십 년이 지난 지금까지 그녀를 힘들게 하는 사랑이랍니다. 그에게 그녀는 첫사랑이 아니었지만, 그녀에게 그는 첫사랑이었지요. 그럴 수 있지요. 그러나 그는 그녀를 곁에 두고 다른 사랑을 탐하기도 했답니다. 한순간의 사고로 세상을 뜬 그가 아름답지 않은 이유입니다. 그럼에도 그녀는 그와 듣던 노래를 기억하고, 그와 걷던 그 길을, 그와 함께 보았던 그 영화를 시리도록 지금까지 기억합니다. 이렇듯 첫사랑은 누구에게나 설레는 단어가 아닐 수도 있습니다. 그래서 그녀는 지금도 첫사랑의 마법에서 헤어 나오지 못하고 있지만, 그래도 그는 그녀에게 첫사랑으로 남았습니다.

당신의 첫사랑은 어땠을지 궁금해집니다. 커피 한 잔을 천천히 마시면서 당신의 첫사랑을 떠올리는 지금 이 시간은 소중합니다. 설사 그 사랑이 아프고 슬픈 기억일지라도 나쁘지 않아요. 그래서 지금 당신 곁에 당신을 아끼고 사랑해주는 이들을 만날 수 있었으니까요.

첫사랑은 물안개처럼 아련하게 남아 있어요. 어쩌면 사랑이 아니었을지도 모르지만, 그렇기 때문에 첫사랑이라고 불리는가 봅니다. 만약 사랑이었다면 '첫' 따위의 접두어가 붙지 않으니까요. 사랑은 사랑일 뿐이지요. 그렇다고 두 번째, 세 번째라고 순서를 매기지는 않지요. 모두 소중한 사랑입니다.

첫사랑이 당신을 기만하고 우롱했던 그 무엇이었다면, 더 이상 사랑이라 부르지 마세요. 사랑이 품지 않은 의미들이니까요. 만약 당신이 지금 누군가의 첫사랑이라면, 부디 첫눈처럼 깨끗한 사랑을 하세요. 최소한 그리하는 것이 예의니까요. 첫사랑이 최악의 경우도 있는 걸까요? 아니면 최악의 경우는, 대부분 첫사랑인 걸까요? 사랑은 서로가 하는 것인데, 외사랑은 혼자만의 사랑이지요. 상대는 누가 자신을 사랑하고 있는지조차 모르는데, 사랑하는 사람은 외롭고 쓸쓸한 사랑을 마음에 품는 사랑이지요.

거절당할까 봐 두려워서 고백조차 하지 못하고 담은 사랑만큼 슬픈 일이 또 있을까요. 사랑에도 용기가 필요합니다. 누군가를 사랑하게 되면 용기내서 고백을 해야 합니다. 그것이 사랑을 대하는 자세입니다. 만약 내가 사랑하는 사람에게 고백조차 못했는데, 그 사람이 시간이 지나서 매우 힘든 사랑을 하게 되는 모습을 보면 마음이 편하지 않습니다. 그래서 그 사람을 사랑하는 '나의 마음'과 '그 사람의 마음'이 선택할 시간을 주어야 합니다. 외사랑에 비하면 그나마 짝사랑은 형편이 좀 낫습니다. 적어도 누가 나를 좋아하는지 상대도 알고, 나도 이미 고백을 한 경우에 해당되니까요.

꼭 말로 하는 고백만이 고백의 전부는 아닙니다. 먼발치에서 바라보는 눈빛만으로도 충분히 느낄 수 있으니까요. 짝사랑의 경우는 그나마 시간이 지나면 상처로 남지 않는 경우가 많은 것 같아요. 왜냐하면 오랜 시간이 지나면 본인조차 기억이 희미해지니까요. 참고로 저는 첫사랑이 이루어진 경우도 많이 봤습니다. 그런데 누가 첫사랑은 절대 이루어지지 않는다고, 말도 안 되는 소리를 했을까요? 그 소문을 퍼뜨린 분은 지금부터 반성하세요.

비에 대한 단상(斷想)

비가 내립니다. 한여름 대지를 식히는 빗줄기도 고마운 일이지만, 겨울의 막바지에 내리는 포근한 빗줄기도 고맙기는 매 일반입니다. 이 비를 품고 자랄 해바라기 씨앗도 궁금하고요. 비가 내립니다. 비가 내리는 날은 세상 모든 씨앗들이 꿈을 꾸는 날이지요. 비가 내린 후 풋풋한 습기를 폐 속 깊이 들이마시고, 아침을 시작합니다. 좁은 뇌 속을 비집고 들어오는 싱그러운 생각들로 모든 일이 잘될 것 같은 느낌, 이렇듯 비는 제게 용기와 희망의 상징처럼 자리매김해온 듯합니다.

좋은 아침입니다. 비 내리는 텅 빈 골목길을 철벅철벅 걷다 보면, 저를 힘들게 했던 이들도 용서가 되고, 더 걷다 보면 제가 누군가를 힘들게 한 적은 없었는지 돌아볼 수도 있지요. 비를 바라보고 있으면 분노, 용서, 이해, 추억, 슬픔, 이별, 사랑, 악몽, 공포, 그늘 그리고 만두 가게의 찜통에서 뿜어져 나오는 하얀 김이 생각납니다. 구름처럼 뭉게뭉게 뽀얗게 피어오르는 김이 추억을 생각나게 하지요.

여러분은 어떤 것들이 생각나는지 궁금합니다. 부디 상처를 주고받은 이들이 떠오르지 않기를 바랍니다. 비가 내리고, 비는 내리고, 비를 내리고, 비도 내리고, 비만 내리다가 그친 후 다시 비가 내리고, 우리 마음 한 줄기, 한 줄기도 이곳에 내려서 이 세상이 더 아름답고 진실 될 수 있으면 좋겠습니다. 그 마음, 하나 되어 내리고 그랬으면 참 좋겠습니다. 어찌 그리도 갈래갈래 서로의 마음이 제각각 인지, 갈피를 종잡을 수가 없습니다.

빗방울이 사기그릇에 똑똑 떨어지는 소리에 귀를 기울여 보세요. 그 투명하고 맑은소리는 마음을 편안하게 해줍니다. 빗줄기가 투명하기 때문일까요? 가슴을 치는 그 생명의 두드림에 귀를 기울입니다. 맑은 사람에게 들리는 맑은 마음의 소리들이 똑똑 떨어지는 오후가 되었습니다. 어느새 그릇에 빗물이 가득 찼는데도, 여전히 비는 그칠 줄을 모릅니다.

창문을 열어 봅니다. 빗소리를 들을 수 있을까 해서 활짝 열어봅니다. 어느새 차갑지 않고 낯설지 않은 저녁입니다. 열어둔 창문 안으로 빗소리 대신 어디선가 천리향이 스며들어 오네요. 향기가 천리를 간다는 천리향 덕분에 제 마음도 천 리 추억 길을 걸어갑니다. 꽃을 좋아하는 이웃 덕에 향기로운 새벽을 기대해도 좋겠습니다.

흔들리는 모든 이유

흔들리는 모든 것들에는 이유가 있지요. 나뭇잎이 흔들리는 것도, 사람이 흔들리는 것도, 나라가 흔들리는 것도, 당신이 흔들리는 것도 모두 이유가 있지요. 더 많은 시간이 흐르고 또 흐르면 나뭇잎이 떨어지고, 당신도 떠나가고 말겠지요. 삶은, 매번 이리도 흔들립니다. 흔들리는 것이 나쁘기만 한 것은 아닙니다. 나뭇잎을 흔들어 나무를 키우고, 아이들은 아픔을 겪으며 훌륭한 어른이 되어갑니다. 하지만 나무의 뿌리가 흔들리면 안 되듯이 마음이 흔들려선 안 됩니다.

흔들리지 마세요. 우리에게 주어진 시간은 많지 않지만, 적어도 그 시간이 많은 것들을 해결해 줄 수도 있을 거예요. 절대 흔들리지 마세요. 세상의 바람이 차갑다 하더라도 흔들리지 말아야 합니다. 당신이 흔들릴 때마다 당신을 소중하게 여기는 사람들도 함께 흔들릴 테니까요. 마음이 흔들리는 사람들에게 따스한 입김을 불어넣어 용기를 주는 일, 당신과 제가 해야 할 일입니다.

소통과 공감

최근에 자수성가한 두 분을 소개시켜드렸습니다. 비슷한 연배이기도 하고, 서로 이야기가 잘 통할 것 같았기 때문이지요. 한 분은 워낙 밝은 성격이어서 대화를 주도해가는 분이고, 또 한 분은 이야기를 잘 들어주는 분이어서 공감하며 이야기를 나누면 참 좋겠다는 생각이었지요. 서로 인사를 나누고 자리에 앉자마자 뭔가 잘못되어 가고 있다는 것을 깨달았습니다.

한 분은 자신의 성공담을 장황하게 이야기하고 계셨고, 한 분은 말수가 적어 아무 말도 하지 않고 미소를 짓고 있었지요. 시간이 조금 더 흐르자 이상한 점을 발견했습니다. 두 분 모두 저의 얼굴만 보며 이야기를 하고 있었던 것이지요.

“내가 중국에서 사업을 할 때는 그야말로 돈을 갈고리로 긁어모았지요. 매일 벌어들이는 돈을 셀 수가 없어서 힘들었다니까요.”

자신의 사업에 대해 열변을 토하는 분은, 저만 보고 얘기했습니다.

“차를 한 잔 더 하시겠어요?”

저의 빈 찻잔을 보고 말을 건네는 분도, 제게만 얘길 건네고 계셨습니다. 헤어지고 나서 곰곰이 생각해 보았지요.

‘저 두 분 모두 사업에 성공한 분들인데, 서로 대화가 더 잘 통할 수 있었을 텐데, 왜 서로 얘기하지 않는 걸까?’

헤어지고 나서 잠시 뒤, 두 분 모두 제게 문자가 오더군요. 서로가 불편한 것 같으니 다음에는 따로 보자는 문자였지요. 그제야 전 이유를 알 것 같더군요. 자랑을 들어주지 못하는 분과 상대에게 말할 틈을 주지 않는 분이 만나고 싶어 할 리가 없다는 것을요.

누구의 잘못도 아닌 것을 알고 있습니다. 힘든 과정을 겪은 분이 자신의 성공담을 이야기하는 것을 잘못되었다고 말하기는 힘들지요. 그렇다고 아무 말도 하지 않는 이가 잘못했을 리는 만무하지요. 소통하기 위해서 여러 가지 방법이 있지만, 그중에 가장 확실한 방법은 질문하는 거랍니다. '당신에 대해서 더 많은 것을 알고 싶으니 이야기를 해 달라'는 것과 '난 이런 사람이니 잘 보라'는 것은 방식에서 엄청난 차이가 있지요. 소통이 되지 않으니 공감할 수 있는 대목이 그만큼 줄어들 수밖에 없지요.

아무래도 두 분을 소개시켜드린 제가 부족해서 생긴 일인 것 같아서 두 분 모두에게 '제가 부족해서 소개가 서툴렀습니다. 많은 이해 바랄게요.'라고 문자를 보내드렸습니다. 솔직한 것과 무례한 것은 다르지요. 어떤 사람은 본인이 솔직한 성격이라며, 거침없이 표현합니다. 다른 사람의 시선이나 마음은 아랑곳하지 않고 말이지요. 그 말을 듣는 사람은 상처를 받아서 불편함을 감추지 못하고 있는데, 본인은 말을 멈출 줄을 모릅니다. 그 사람은 솔직한 사람이 아니라, 무례한 사람입니다. 하고 싶은 말을 다하는 것이 솔직한 것이 아닙니다. 때로는 하고 싶은 말을 참아줄 줄도 알고, 해야 할 말은 반드시 하는 사람이 솔직한 사람입니다. 누가 물어본다고 해서, 타인에게 상처를 줄 수도 있는 본인의 속내를 있는 그대로 표현을 다 하는 사람은 뭔가 모자란 사람이고, 묻지도 않은 이야기를 늘어놓는 것은 오지랖이 넓은 사람일 뿐입니다.

솔직한 사람은 거짓을 이야기하지 않고 진솔하게 표현할 줄 아는 사람입니다. 큰 나무일수록 보이지 않는 뿌리가 더 깊고 넓은 법이지요. 눈에 보이는 줄기와 잎들이 전부가 아니듯, 깊은 생각으로 더 깊이 마음의 뿌리를 내려야 합니다. 남들에게 보이기 위해서 살아가는 삶은 진정한 '나의 삶'이 될 수는 없으니 말입니다.

판도라의 상자

흔히 우리는 귀금속이나 명품을 가지기 위해서 노력하는 사람을 많이 봅니다. 이런 분들을 보면, 솔직히 안타까운 마음이 드는 것도 사실입니다. 세상 사람들이 가치 있다고 여기는 것들이어서 갖고 싶은 마음은 이해가 가지만, 본인은 비에 젖으면서도 가방을 품에 안고 달리는 분들을 보면 정말 묘한 마음이 생깁니다.

소중한 것은 내 마음속에, 내 머릿속에 간직하는 것이랍니다. 비가 내려도 젖을 일이 없고, 누가 빼앗아갈 수도 없지요. 저 스스로가 내놓지 않으면 잃지 않는 것은 마음이지요. 마음을 가꾸어 가는 일은 우리가 보석보다 더 소중한 것을 지키는 일이라는 걸 잊지 말아야 합니다.

그리스신화에 나오는 인류 최초의 여성, 판도라는 결국 항아리를 열고 말았지요. 순간 그 속에 있던 인간에게 해로운 질투와 시기, 죽음, 질병들이 세상 밖으로 튀어나왔지요. 분노와 슬픔의 요소들이 모두 빠져나온 뒤, 항아리의 마지막에 남아 있는 것은 다행히도 희망이었습니다. 판도라는 신들의 온갖 선물을 받는 사랑스러운 여성이었는데, 판도라의 상자를 연 이후부터 미운 마음을 갖게 되었지요. 흔히 판도라의 상자라고 일컫는 상자는 원래는 피토스(pithos)라고 하는 고대 그리스의 흙으로 빚은 거대한 항아리였습니다. 수많은 손잡이가 달려있어서, 여러 명이 들 수도 있게 만든 것인데, 르네상

스시대를 거치면서 편의에 따라 상자로 변이되어 왔답니다.

용기(容器)가 중요한 것은 아니지만, 상자라는 개념은 뭔가 좀 작은 것들을 연상시키니까 애써 바로 잡고 싶은 마음이 드네요. 인간을 힘들게 하는 요소들이 작은 상자에는 모두 담을 수가 없을 테니까요. 피토스는 정말 커다란 항아리거든요. 어쩔 수 없이 판도라의 상자를 열었다면, 가장 밑바닥에 남은 희망을 잃어버려서는 안 되겠지요. 당신과 저에겐 희망만이 유일한 희망이니까요.

그럴 수 없는 일

세상에는 일어날 수 없는 일은 없습니다. 그럴 리가 없는 일은 없다는 얘기입니다. 다만 그래선 안 되는 일들이 있을 뿐이지요. 이 세상은 늘 이해할 수 없는 일들이 일어나는 요지경 같은 곳이지요. 하지만 시간이 지날수록 굳이 이해해야만 할 필요는 없겠다는 생각이 들어요. 제가 이해 못 한다고 해서 이해할 수 있는 일들만 일어나는 것도 아닐 테고, 제가 이해를 한다고 해서 그 일이 반드시 옳다는 자신은 없으니까요.

확신에 찬 사람들을 보면 외줄을 타는 것처럼 아슬아슬해 보입니다. 우리는 겸손한 사람들에게서 많이 배워야 합니다. 그들은 언제나 삶을 진지하게 바라보는 사람들이니까요. 옳은 길은 하나이고, 틀린 길은 수도 없이 많습니다. 여러 갈래의 길이 만났다가 헤어지기를 반복하면서, 우리들의 삶도 다양한 형태로 전이되어가고 변해가기도 합니다. 분명한 건 그 방향이 어딜 향하고 있는가 하는 거지요.
선과 악이 제아무리 애매모호한 물음표를 찍어도 잣대는 오직 하나입니다. 나의 심장이 죄책감의 두근거림인지, 보람과 희망의 두근거림인지만 알면 됩니다. 후자의 경우라면 지금 당신은 옳은 길로 가고 있는 것이 분명합니다. 두려워하지 마세요. 언제나 당신을 응원합니다. 그래선 안 되는 일들을 당당하게 막아내고, 그럴 수 있는 일을 이해하다 보면, 세상을 밝히는 정의로운 길 위에서 우린 꼭 만날 테니까요.

익숙해진다는 것

저는 종교에 대해서 그렇게 큰 주관도, 신념도 갖지 못한 채 살아왔지요. 신심(信心)이 부족한 저도 가끔 절에 들르면 마음이 경건해지곤 합니다. 경내를 거니는 스님들의 발걸음을 보노라면 더욱 그러합니다. 어찌 그리 소리도 없이 걸어 다닐 수가 있는지, 경이롭기조차 합니다. 땅 위를 기어 다니는, 살아 있는 모든 것들에 대한 예의를 다하는 그 모습에 반할 때도 한두 번이 아닙니다.

어쩌면 종교는 겸손일 수도 있겠다는 생각이 듭니다. 내 머리 위에 누군가 위대한 존재가 있음을 인정하면, 아무래도 사람들에 대해서 무례해지기도 힘들 테고, 사후세계에 대한 두려움을 가지면, 부도덕하게 함부로 세상을 살아가진 않을 테니까 말이지요. 오늘도 스님들은 겸손한 발걸음으로 수없이 탑을 돌며, 세상의 안위를 기도하겠지요. 경내에서 약수를 한잔 들이켰는데, 생각보다 시원하지 않았어요. 입맛이 바뀐 탓인지, 아니면 약수의 맛이 변한 탓인지 알 수 없지만 미지근한 약수는 실망감을 주었지요. 시원한 탄산음료가 간절히 생각났습니다. 허위허위 산을 다 내려와서, 곧장 매점으로 달려가 이온음료 한 캔을 들이키고 나서야, 산사의 그 미지근한 약수가 금방 다시 그리워졌습니다. 어렸을 적, 큰 절은 왜 모두 큰 산에 있고, 큰 교회는 모두 도심에 있는지 궁금했어요. 목사님과 스님이 사이가 좋지 않아서 그렇게 동떨어져 있는 줄 여겼지요. 어른이 되고 나서도 완전히 그 까닭은 모르겠지만, 큰 절이건 큰 교회건 많은 사람들이 찾아오는 걸 보면 어디에 있어도 상관없겠다 싶네요. 타 종교 간의 거리제한이 있는 건 아닐 테니까요. 작은 교회와 작은 암자들은 작은 산과 작은 도시에 머물겠지요. 교회가 산속에 들어가고 절이 도시로 나오면 꽤나 당황스럽겠지만, 재미있을 것 같기도 해요. 간혹 산속에서 빨간 십자가의 네온에 불이 켜져 있거나, 패밀리 레스토랑 건물 2층에 자리한 절도 본 적이 있긴 합니다. 어찌 그리도 어색한지요. 이래서 익숙해진다는 건 참 무서운 일인 것 같아요.

호젓한 좁은 길을 걷다 보면 바위틈에서 자라는 야생화의 작지만 거친 숨소리도 들을 수 있지요. 오가는 등산객들이 수없이 밟고 지나간 고목들의 뿌리는 툭 불거져 흉한 생채기가 남았습니다. 사람으로 인해서 다친 나무에게 위로를 건네며 산을 오르다 보면 뭔가 착해지는 마음이 들어요. 가끔 산길 어디쯤에서 컵라면 용기와 빈 소주병들을 만나면. 누군가의 무례에 눈살을 찌푸리기도 합니다. 나 하나 편하자고 산을 죽이는 만행을 저지르는 건 명백한 범죄입니다. 산은 바다만큼이나 제 자리에서 변하지 않고 우리를 기다려주는 소중한 숨길입니다. 온갖 거짓된 마음들과 부끄러운 마음들을 내려두고 올 수 있는 곳이니까요.

산에 안개가 서릴 때가 자정(自淨)하는 시간입니다. 우선 당신과 저는 언젠가 고요한 산사에서 마주하고 향기로운 국화차를 나눌 수 있었으면 좋겠습니다. 그때 나무들은 푸른 잎사귀를 털어 반겨줄 테고, 그럴 때마다 품었던 가을바람 한 줌이 우리의 이마에 맺힌 땀을 식혀줄 테지요. 상상만으로도 행복해지는 시간입니다.

나쁜 남자

사랑? 그거 이야기해 볼까요? 사랑이 얼마나 이기적이고 영악한지 모르죠? 꽤 실망할지도 모르는데, 그래도 이야기하는 것이 맞겠죠? 남들이 다 하는 사랑이니까요. 남들이 다 하는 게 사랑 맞긴 맞는지 모르겠지만, 본인들이 사랑이라고 하니까 있는 그대로 믿어보지요. 어떤 것에 대해서 먼저 얘기할까요? 더 이상 만남을 원하지 않는 헤어짐이 얼마나 달콤한지 이야기할까요? 아니면 헤어짐을 원하는 만남이 얼마나 비참하고 아픈지 이야기할까요? 무엇부터 이야기할까요? 사랑이 참 어렵다는 이야기를 하지요. 하지만 우린 이미 알고 있습니다. 시작하는 것이 어렵지, 끝내는 것은 참 쉽다는 것을요. 헤어지는 것이 어찌 그리 쉽냐고 하지 마세요. 당신은 이미 여러 번 헤어져 봤고, 또 헤어질 거니까요. 그 이후는 어떻게 되는지 궁금한가요? 가슴이 찢어질 정도로 아프고, 심한 경우에 목숨을 걸고 싶을 수도 있겠지요. 사랑하는데, 그 정도는 각오들 하시잖아요? 그럴 각오 없으면 사랑은 꿈도 꾸지 마세요.

유독 걸음이 느린 여자가 있습니다. 천천히 걸으면서 이런저런 대화를 나눌 수 있어서 남자는 좋았습니다. 여자는 남자에게 매일 매일 사랑을 한 모금씩 건넸지요. 이상하게도 그 사랑을 마실 때마다 남자는 마음이 급해집니다. 점점 여자의 느린 걸음에 짜증이 나기도 합니다. 앞서 훌쩍 걸어가다가 기다리기도 하고, 일부러 뒤처져서 걸어가 보기도 합니다. 여자는 묵묵히 걸어만 갑니다.

여자에게 묻고 싶어요. 남자와 계속 사랑을 할 건지, 걸음을 더 빨리 걸을 건지요. 그리고 남자에게도 물어볼게요. 그녀를 아직도 사랑하는지요? 처음 그녀를 만났을 때를 기억하는지요? 비가 오면 당신의 어깨가 다 젖는 것도 모른 채, 그녀에게 우산을 기울이고, 차도 쪽에 서서 걸어가던 그 날들을 기억하나요? 지금 당신은 어떤가요? 그녀의 곁으로 차들이 지나다녀도 아무렇지 않은가요? 아니면 소리를 쳐서 그녀에게 뭐라고 나무라고 있나요? 당신이 아니면 아무것도 못할 것 같은 그녀가 답답한가요? 당신이 있기 때문에, 그녀가 아무것도 할 수 없는 것임을 왜 모르는 걸까요? 만약 알고도 그녀를 탓한다면, 당신은 영락없이 나쁜 남자입니다.

추억이 다른 이유

놀라운 경험을 했습니다. 똑같은 시기에 똑같은 일을 겪었는데, 기억이 완전히 다를 수 있다는 것을요. 오랜만에 친구 네 녀석과 만났지요. 수십 년이 지나서 만난 우리들은 추억들을 하나하나 소환하면서 수다 삼매경에 빠져들었습니다. 그중에서 으뜸은 무전여행과 다름없이 떠난 여행 이야기였습니다.

우리가 스무 살이 되던 해에 뭔가 기념할만한 것이 없을까 고심하다가 '캠핑'을 떠나기로 결정했었지요. 각자 집에 있는 장비들을 챙겨서 오기로 하고 어설프게 준비들을 하고 길을 떠났습니다. 목적지는 안동 하회마을이었습니다. 그곳으로 정한 이유는 간단했습니다. 그곳에서 초등학교 2년을 다닌 적이 있다는 한 녀석의 '믿는 구석'을 따라 결정한 거지요.

"그날 비가 그렇게 많이 내릴 줄 알았더라면 다른 날 갈 걸 그랬지."하고 A가 운을 떼자 "무슨 소리야? 그날 날씨가 너무 쨍쨍해서 더워서 혼났는데"라고 B가 이의를 제기했습니다. C와 D는 날씨에 대한 기억은 전혀 남아있지 않았습니다. 우리들의 이야기는 우여곡절 끝에 안동역에 닿았습니다. "기차에서 내리고 나니까 이미 우린 거지였어. 아무도 돈을 갖고 있지 않았으니까."라고 D가 그날이 생각나는 듯이 눈을 가냘프게 뜨고 말했습니다. "야! 그날 B가 돈을 걷었고, 그걸 기차에서 잃어버렸는데, 생각 안 나?"라고 C가 답답하다는 듯 상기시키면서 "그래서 안동역에서 하회마을까지 우리 넷이서 몇 시간을 걸어갔잖아?"라고 말하자, A가 "우리 경운기를 탔던 거 같은데, 어디서 탔지?"라고 물었습니다. 모두 분명히 경운기를 탄 것은 기억하고 있었지요. A는 역에서부터, B는 거의 하회마을에 도착할 즘에, C는 민박집 주인의 경운기를, D는 조금 타다가 내렸다고 했습니다.

경운기는 우리들의 추억 안에서 마음껏 논길을 달리고, 도로 위를 달렸지요. 짐칸에 올라탄 우리는 비를 맞기도 했고, 쨍쨍한 날씨 때문에 얼굴이 익어가기도 했습니다. 우리들의 기억은 하회마을을 다녀왔다는 것만으로도 즐거웠지요. 두 녀석은 자리를 파하는 순간까지 비가 왔는지, 아닌지를 두고 실랑이를 벌였지만, 얼굴을 찌푸리는 녀석은 아무도 없었습니다. 겨우 제멋대로 이야기가 정리되던 중에 한 녀석이 폭탄선언을 했습니다. "있잖아. 이야기하다가 생각난 건데, 우리 하회마을이 아니라 구미 금오산이었던 거 같아." 나머지 셋이 녀석의 입을 막았습니다.

죽음으로 갈라설 때

아무 일도 아닙니다. 어제도 누군가 세상을 떠났고, 오늘도 그러했고, 내일도 누군가 떠날 것이니까요. 슬픔은 이렇듯 매일매일 우리 곁에서 떠나지 않습니다. 다시는 누군가를 볼 수 없고, 다시는 그와 차를 마실 수도 없다는 생각에 눈물이 납니다. 어쩌면 이것 또한 저의 욕심일지도 모르겠습니다. 제가 혼자 남겨지는 것이 두렵기 때문일 테니까요. 혼자 남겨지는 것보다, 혼자 떠나는 일이 더 슬픈 일임에도 불구하고 말이지요.

가수는 본인이 부르는 노래의 제목처럼, 인생을 살아간다는 속설이 있지요. 혹시 들어 보셨나요? 이별을 노래하던 가수는 이혼을 해서 파경을 맞고, 죽음을 노래하던 가수는 사고로 요절하는 사례들이 많았으니까 아마도 그런 속설이 생겨났나 봅니다. 그럼 세상에는 밝은 노래들만 가득해야 할 텐데, 그럴 수는 없겠지요. 그럼에도 불구하고 그들의 슬픈 노래들은, 사랑으로 아픈 이들에게 위로가 되어주고 있으니까요. 그래서 일찍 세상을 떠난 그들을 잊지 않고, 추억하고 노래하는 것일지도 모르겠습니다.

우리도 언젠가는 죽음을 맞이해야 하지요. 수명은 저마다 차이가 나겠지만, 시간이 유한하다는 것은 이미 알고 있습니다. 그래서 항상 시간이 없다고 불평을 늘어놓기도 하지요. 어차피 한번 왔다가 가는 인생인데, 소중하게 시간을 보내야겠다고 말합니다. 가끔 우리는 영원히 살 수 있을 것처럼 욕심을 부립니다. 죽음이 끝인 삶이 있고, 죽음 이후에도 살아가는 삶이 있습니다. 비록 육신은 떠나가지만, 마음을 남겨두고 가는 이들의 죽음은 단순히 생의 끝이 아닙니다. 당신과 제가 떠날 시간이 되었을 때, 그리고 마침내 떠났을 때 그 자리가 탐욕으로 얼룩진 악취가 아니라, 아름다운 향기로 남아 있기를 간절히 바랍니다.

문제의 시간

피자 가게를 들렀습니다. 콜라는 얼마든지 리필이 된다고 합니다. 삶도 그랬으면 좋겠습니다. 한 번이라도, 꼭 한 번이라도 리필이 될 수 있었으면 좋겠습니다. 미진하게 남은 달란트를 소진하고, 다시 리필 받아보고 싶다는 생각은 미련입니다. 아쉽지만 인생은 딱 한 번입니다. 남은 삶이라도 조금씩 아껴 살아야겠습니다. 어쩌면 인생을 함부로 대하지 말라는 의미인지도 모르겠습니다. 문제는 언제나 부족한 시간입니다.

주어진 시간 안에 문제를 풀어야 하는 것에, 이미 우린 익숙해져 있습니다. 시간만 더 주어진다면, 얼마든지 풀 수 있는 문제들도 미처 풀기도 전에 삶이 끝나 버립니다. 시간이 모자라기 때문에, 풀 수 있는 문제라도 서두르다가 틀려 버리기도 하지요. 입시를 비롯한 각종 시험에서, 행정의 편의를 위해 시간에 제한을 두는 것은, 얼마든지 이해할 수 있습니다. 하지만 시간만 더 있다면 충분히 풀 수 있는 수험생의 입장에서 보면, 그 문제는 모르는 문제가 아니지요. 구구단을 일 분 안에 달달 외우는 아이뿐 아니라, 천천히 외우는 아이도 '구구단'을 아는 아이지요. 이 두 아이의 인생이 크게 달라지는 것은, 한 마디로 사회 전체가 풀어야 할 숙제라는 이야기지요.

아이들에게 수학문제를 풀게 할 때, '일단 어려운 문제는 넘어가고, 쉬운 문제부터 풀어.'라고 가르치지요. 시간이 제한되어 있기 때문입니다. 어려운 문제에 매달리다가 보면 충분히 풀 수 있는 문제도 부족한 시간 때문에 놓쳐 버리니까요. 인생에도 주어진 시간에 한계가 있습니다. 지금 내가 처한 상황이 힘든 것이라면, 할 수 있는 것부터 하는 것이 맞지요. 가령 맛있는 식사를 친구들과 함께한다든지, 바빠서 못 봤던 공연을 관람한다든지 말이지요. 미루어왔던 일들을 하다가 보면, 어려운 문제라고 지나친 문제도, 쉽게 풀리는 경우가 의외로 많으니까요.

오래오래 함께

미세먼지로 뿌옇기만 하던 하늘이 모처럼 오늘, 푸른 창을 열었습니다. 집에 가만히 있을 수 없어서 가까운 공원을 찾았지요. 멀리서 할머니 한 분이 지팡이를 짚으며 걸어오시는 모습이 보입니다. 가까이 다가올수록 지팡이가 아니라 강아지 목줄임이 분명해졌지요. 하얗고 앙증맞은 말티즈 강아지와 함께 말이지요. 너무 귀여워서 몇 살이냐고 여쭤봤습니다.

"걔가 지금 열한 살이우. 나보다 먼저 갈까 봐 매일 병원에 데려가는데 의사가 이제 데리고 올 필요가 없다 하네요."

한숨을 쉬는 할머니를 안쓰러워하던 차에, 조금 걱정스러운 표정으로 물어보셨습니다.

"개 한 살이 사람으로 치면 십 년이라는데 맞는 말이우?"

순간적으로 고민에 빠졌지요. 그런 저의 표정을 가만히 살펴보던 할머니가 미소를 지었습니다.

"상관없어요. 개는 개고 사람은 사람이지."

그렇습니다. 개와 사람의 수명을 비유하는 건 옳지 않지요. 정확하지 않으니까요. 견종에 따라 수명도 천차만별이라고 하고 어떤 강아지는 사람보다 더 오래 사는 수도 있다고 장황하게 설명해드렸습니다. 거짓말은 아니었지만, 제가 생각해도 너무 두서없이 말씀을 드린 것 같아서 멋쩍어하고 있는데, 할머니는 길게 한숨을 내쉬셨지요.

"나보다 더 살아도 걱정이지. 누가 이 년을 보살펴 주누?"

암컷이었나 봅니다. 애꿎은 강아지가 수명이 너무 길어도, 너무 짧아도 걱정인 할머니께서 에구구 하면서 몸을 일으켰습니다. 할머니도, 강아지도 발자국 소리를 내지 않고 조용히 점점 멀어져갔습니다. 저 할머니와 강아지, 모두 행복하게 오래오래 함께였으면 좋겠습니다.

보이지 않는 세상

눈에 보이는 세상보다 보이지 않는 세상이 훨씬 크다는 사실, 알고 계신가요. 우리가 보고 느끼고 공감했던 일들이 사실이 아님이 밝혀졌을 때, 박탈감이 들기도 하지요. 물론 진실이 가려진다고, 거짓이 진실이 될 수는 없겠지요. 아직 우리가 보지 못한 세상에는 얼마나 많은 진실과 거짓이 남아 있을까요? 시간이 때로는 소걸음처럼 더디게 느껴지지만, 때로는 야생마처럼 폭우가 쏟아지는 들판을 내달리는 것처럼 느껴지기도 합니다. 이렇듯 팔색조 같은 매력을 가진 시간 속에서 우리는 살아가고 있지요.

누군가에게는 서둘러 가고, 누군가에게는 더디게만 흘러가는 시간입니다. 그럼에도 불구하고 시간은 영악하게도 째깍째깍 일정하게 흐르고 있다고 눈속임을 하지요. 대부분의 사람들은 남이 늙어가는 것은 당연시하면서, 자신이 늙어가는 것에 대한 믿음은 약한 듯합니다. 당신도 늙어가겠지요. 늙어가면서 제일 먼저 해야 할 일은 욕심을 버리는 일이랍니다. 늙어서 욕심을 부리면 어찌나 추해 보이는지, 본인만 모르고 살아갑니다. 마음을 젊게 가지는 것도 좋고, 생김새를 유지하려는 노력도 좋은 일이지만, 조금 더 멋있게 늙어가는 방법을 생각해보는 것도 필요합니다. 절대 안 늙는다고 우겨선 안 됩니다. 좋은 기억은 삶에 희망을 주지만, 나쁜 기억은 삶에 절망을 줍니다. 잊으려는 노력보다 잊지 않으려는 노력이 조금 덜 힘들지도 모릅니다.

나쁜 기억을 잊는 것보다 좋은 기억을 잊지 않으려는 노력이 우리에게 유리합니다. 여러분들도 한 분, 한 분이 그러했으면 합니다. 그게 삶이라면 그래야 하니까요. 여러분, 제 나이도 적지 않습니다. 물론 아주 많은 것도 아니겠지만요. 그래서 누가 '나이가 많아요?'라고 물어보면 뭐라고 대답해야 할지 몰라서 그냥 웃고 말지요. 몇 살까지가 많은 것이고, 몇 살까지가 적은 것이라는 기준이 있는 것도 아니니까요.

나이가 들어갈수록, 부끄러워질 때가 너무 많습니다. 나이가 들어가면서, 하늘과 가까워질 테니 하늘과의 경계를 허물어야 하는데 말이죠. 전혀 감을 잡을 수가 없네요. 날이 갈수록 두렵기만 합니다. 이대로 저의 삶이 끝난다면, 부끄러울 것 같아서요. 소중한 당신은 부디 하루하루 후회 없는 삶을 보내시기를 바랄게요.

행복의 문

방천시장이란 곳에 가면 '김광석 거리'가 있지요. 그곳의 담벼락에는 그를 추억하는 사람들의 그림들과 노래들을 언제든지 들을 수 있습니다. 여러 작가들의 작품들도 골목길에서 만날 수 있습니다. 그 중에서 유독 한지영 작가의 '행복의 문'이라는 작품이 눈에 띕니다. 문짝 두 개의 분홍빛 여닫이문이 전부입니다. '이게 무슨 작품이야' 하고 그 문을 열어보니 거울이 있습니다. 거울에 비친 제 모습에 소름이 돋았지요. '그동안 나를 잊고 살았구나.'하는 생각에 말이지요.

행복은 스스로 느껴야 행복입니다. 남들이 아무리 '당신은 행복하시겠어요.'라고 말을 해주어도 믿을 수가 없습니다. 남들이 거짓말을 하는 것이 아니라 내가 믿지 못하는 것뿐입니다. 사람의 욕구는 끝이 없지요. 게다가 간사할 때도 있습니다. 욕심을 채우고 나면, 또 다른 욕심을 찾아서 길을 떠나지요. 배가 고플 때는 어떤 음식이든 가리지 않고 먹게 마련입니다. 막상 배가 부르면, 그때는 잠자리가 좀 더 편했으면 좋겠다는 마음을 먹지요. 이렇게 수많은 욕구들이 꼬리에 꼬리를 물고 자꾸만 생기지만, 만족할 줄을 모릅니다.

세상에서 가장 아름다운 여자와 결혼을 한 남자도 가장 행복한 사람이 될 수가 없습니다. 왜냐하면 남들이 부러워하는 것들도, 내가 가지게 되면 그 가치를 몰라보게 마련이니까요. 본인이 그렇게도 간절히 원했던 것들이 막상 주어졌을 때, 만족해야 하는데 그렇지 못합니다. 욕심을 버려야 합니다. 행복과 욕심은 물과 기름만큼이나 어울리지 않는 이름입니다. 절차탁마(切磋琢磨)라는 고사성어가 있습니다. 돌이나 옥을 갈아내는 마음으로 학문에 힘쓰고 덕을 기를 때 쓰는 표현입니다. 당신과 함께 행복의 문에 들어설 수 있는 비결이기도 하지요.

이별에 관하여

사랑하고 있습니까? 그러면 꼭 당부드릴 말씀이 있어요. 사랑하는데 가장 큰 적은, 갈등과 다툼, 무관심이 아니라 자존심입니다. 당신의 자존심 때문에 사랑하는 사람의 가치를 덧없이 희석시켜버릴 수도 있습니다. 당신이 하는 말은 상대가 귀담아 들어주길 원하면서, 그가 하는 말은 건성으로 들어 넘긴다면 당신은 아직 사랑할 준비가 되어 있지 않은 사람입니다. 사랑할 때 갖추어야 할 처음은 상대에 대한 배려와 존중이니까요. 시간이 지날수록 점점 그것들이 줄어든다고 여겨진다면, 그만큼 사랑이 멀어지고 있다는 이야기지요. 처음 만났을 때를 떠올려 보세요. 지금 사랑하는 이와 몇 걸음이나 멀어져 있는지 돌아보시기 바랍니다.

횡단보도에 어떤 남녀가 서 있는 것이 보입니다. "야! 너, 내 핸드폰 훔쳐봤어?"라고 여자가 소리칩니다. 남자도 질세라 "다른 남자와 문자하고, 통화하느라 내 문자를 씹었냐!"라고 더 크게 소리를 칩니다. 신호를 기다리던 주위 사람들의 시선이 그들에게 집중되었지요. 분위기를 보니 여자가 뭔가 남자에게 들켰나 봅니다. 남자의 이야기를 들어보니 단순하고 뻔한 사연입니다. 여자가 매일 늦게 다니고, 남자에게 회사일로 출장을 간다고 한 것이 모두 거짓말이던 모양입니다. 남자가 작정하고 여자의 통화기록과 문자들을 훔쳐보았나 보지요. 여자는 경찰에 신고하겠다고 윽박지르고, 남자는 뭘 잘했냐고

큰소리를 칩니다.

개인정보 유출도 보호받을 가치가 있을 때 의미가 있지요. 원인제공을 한 여자와 이를 부당한 방법으로 밝힌 남자, 세상에는 이런 가치 없는 일들이 부지기수로 일어납니다. '저 사람'만 가질 수 있다면, 세상 모든 것들을 포기해도 좋은 마음을 가지고 결혼을 합니다. 그런 마음까지는 아니어도 최선의 선택을 하는 순간은, 결혼하겠다고 마음먹은 순간입니다. 그만큼 주어진 여건에서 최고의 선택이 결혼이라는 것이지요. 너무 어린 나이에 결혼해서 '아무것도 몰랐다'는 말은 무책임하기만 합니다. 부모님의 강요로 어쩔 수 없이 등 떠밀려서 결혼을 했다는 말도 마찬가지입니다. 인생이 걸린 문제는 목숨을 걸고라도 스스로 결정해야 하니까요. '저 사람'과 함께 할 수만 있다면 세상을 가진 것 같았겠지요. 결혼한 후 시간이 지날수록 '저 사람만 아니면, 누구라도 좋을 텐데'라는 생각으로 바뀐다면, 당신은 이기적인 사람입니다. 당신의 생각은 그렇다 하더라도, 당신만을 생각했던 그 사람은 어떻게 되는 건가요?

권태기는 지나가는 것이지, 머물러 있는 것이 아닙니다. 어떤 학자는 생물학적으로 분석을 하던데, 그건 약속을 모르는 동물들에게나 해당되지요. 사람은 도파민만으로 짝짓기를 하진 않지요. 사랑으로 이루어진 약속이라면, 신중하게 결정할 필요가 있습니다. 헤어지자고 마음을 먹는 순간부터 더 이상 사랑이 아니니까요. 생명을 가진 모든 것들은 목마름을 견디지 못합니다. 사막 한가운데에서 자라는 선인장에게도 한 모금의 물은 필요한 법이지요. 사람도 마찬가지랍니다. 사람과 사람 사이에도 목마른 시기가 있습니다. 그럴 때 어느 한쪽이 단비가 되어주지 못하면, 어느 한쪽이 말라 버리고 말지요. 이별은 그렇게 찾아옵니다.

'갑자기 이별'이란 말은 잘못된 말입니다. 모든 이별은 서서히 찾아옵니다. 당사자만 갑작스럽게 느낄 뿐이지요. 꽁꽁 얼어 있는 강에 돌을 던지면, 처음에는 표가 나지도 않지요. 하지만 많은 사람들이 돌을 던지기 시작하면, 실금이 가고 어느 순간에 얼음이 쩍 갈라져 버리지요. 이별도 이와 크게 다르지 않답니다.

만남과 헤어짐을 수없이 반복하는 연인이 있습니다. 툭하면 헤어지고, 툭하면 다시 만나는 그들을 보면서, 인연에 관해서 다시 생각해봅니다. 회자정리(會者定離) 거자필반(去者必反)이라 했지요. 만나면 서로를 힘들게 하고, 헤어지면 못 만나서 힘들어하는 그들의 인연은 사랑이 아니고 집착이 아닐까 생각해 보았지요. 내가 가지기는 싫지만, 남에게 양보할 수는 없는 그런 집착 말이지요. 헤어질 때마다 여자는 남자 앞에서 울고, 남자는 혼자 있을 때만 우는 것을 보면서, 다시는 헤어지지 말라고 일렀습니다. 무엇보다도 두 사람의 만남을 지켜보노라면, 어느 한쪽이 새로운 누군가를 만나게 되면, 남은 한 사람이 너무 힘들 것 같아서요. 헤어지는 것은 단순히 인연이 끝나는 것에 그치는 것이 아니라, 또 다른 인연을 시작한다는 의미라는 글을 본 적이 있습니다. 말은 맞는데, 지금의 인연과 끝난다면 어떤 새로운 인연도 만들고 싶지 않은 것도 이별이지요. 언젠가 다른 인연이 시작될 수도 있겠지만, 지금의 이별을 잊을 수는 없겠지요. 사랑은 그렇게 매번 지독한 생채기를 남기고 말거든요.

부디 이별 없는 세상이면 좋겠습니다. 더위나 추위도 시간이 지나면 지나갑니다. 지금 사랑하는 아름다운 우리들의 힘겨운 시간도 지나갈 걸 알면서도, 우리는 이를 참아내기 힘들어서 성급하게 이별을 부르곤 합니다. 견디기 힘든 시간들은 누구에게나 찾아오게 마련이지요. 그럴 때마다 이별을 한다면 정말 슬픈 일입니다. 일상이 이별이라는 건 말이 안 되잖아요. 저마다 견디는 힘이 다르겠지만, 그래도 견뎌 보기로 합니다. 이별이 흔한 일이어서는 안 되니까요.

수풀

오랜만에 낚시터를 찾았습니다. 호수 이곳저곳에 수풀이 이리저리 온몸을 접었다가 펴는 것이 예사롭게 보이지 않습니다. 우리는 이를 쉽게 보아선 안 됩니다. 어쩌면 수풀은 뿌리째 뽑혀 버릴 것 같은 고통을 참아내야 할지도 모릅니다. 서로의 몸을 얽어매어 견뎌내야만 할지도 모릅니다. 그래야만 살아갈 수 있는 우리처럼 가녀린 존재인지도 모릅니다.

수많은 낚싯바늘이 제 몸을 뚫고 찢어지는 것조차 이겨내야겠지요. 낚시꾼이 찾아와 터를 잡으면, 제일 먼저 뜰채로 수풀부터 송두리째 걷어내지요. 낚싯대를 드리우기 위해서 걸리적거리는 수풀을 걷어내서 뜨거운 태양 아래 내놓습니다. 서서히 말라 죽어 가겠지요.

사회적 약자는 부와 권력의 중심에 서 있지 않다는 이유로 불이익을 당하고 있지만, 세상을 움직이는 힘은 그들로부터 나오지요. 마치 낚시터의 물살을 수풀들이 가르듯이 말입니다.

진실보다 거짓말

가끔 사람들이 이상하게 여겨집니다. 진실을 이야기하고 있는데, 자꾸 진실을 말해 보라고 거짓말을 기다립니다. 이런 경우에는 어떻게 해야 할지 모르겠습니다. 진실을 거짓인 것처럼 꾸며서 말을 하라는 뜻인지, 거짓을 진실처럼 말을 하라는 뜻인지 헷갈리니까요. 대부분의 사람들은 거짓말을 좋아하지 않습니다. 그래서 진실에 대한 탐구와 연구가 끊이지 않지요. 거짓말탐지기가 한때 유행했던 것도 진실에 대한 갈구 때문이지요.

저도 진실만을 이야기하는 건 아니지만, 진실만을 이야기하고 싶습니다. 당신도 그럴 거라고 믿어요. 진실을 원하지만 거짓말을 할 수밖에 없는 경우도 많으니까 어차피 진실만을 말한다는 말도 거짓이지요. 가령 여자 친구가 "오늘 하루 종일 아무것도 못 먹었어. 나, 초췌해보이지?"라고 묻는데 "아냐. 넌 여전히 돼지처럼 뚱뚱하고 며칠 더 굶어도 되겠어."라고 할 수는 없잖아요? 우리, 듣기 좋은 거짓말은 그냥 하기로 해요.

길

이미 누군가 열어둔 길을 걷기도 하지만 당신이 걸어가는 곳이 길이 되기도 합니다. 지금 당신이 걷는 이 길이 다른 이들에게 도움이 될 수 있는 길인지, 아니면, 가시밭길로 만들어 뒤에 오는 이들을 힘들게 하는 길인지 가끔 돌아보아야 합니다. 그래서 길은 혼자의 길처럼 보이지만, 결국 우리 모두의 길이라는 이야기지요. 혹 길을 잃어버렸다고 좌절하거나 당황하지 마세요. 길을 잃어버렸다는 것은 새로운 길을 찾았다는 의미이기도 하니까요.

저는 글을 쓰면서 자주 길을 잃어버리고 맙니다. 대신 그로 인해서, 새로운 길을 찾을 수 있다는 희망을 꿈꾸기도 하지요. 다른 분들이 보시기에는, 다소 지쳐 보일 수도 있지만, 글을 쓰는 일은 그래도 행복한 길입니다. 당신이 걷는 한 걸음 한 걸음이 누군가를 위한 첫걸음이 되고 그 누군가는, 또 누군가를 위한 첫걸음이 되어, 이 삶이 보람되고 참된 희망으로 가득할 수 있었으면 참 좋겠습니다.

나만을 위한 삶은 지치게 마련이지만, 다른 이를 위한 삶은 쉽게 지치지 않으니까요. 때로는 내리막길에서 달려야 할 때도 있지요. 그럴 때 멈출 수 없을까 봐 두렵지요? 무서운 생각이 들기도 하고, 차라리 넘어지더라도 멈추고 싶을 때가 있어요. 차라리 넘어져서 상처가 나는 편이 낫겠다는 마음도 듭니다.

살아가다 보면, 쓰러짐으로 인해서 얻어지는 휴식과 고요가 달콤

하니까요. 저는 아직도 걸음이 미숙합니다. 매일 걸어 다니는데도, 걸음걸이가 참으로 어색하게 느껴질 때가 있습니다. 무엇이 그렇게 느끼게 할까요? 언제나 하는 일, 누군가를 사랑하는 일도 그러하지요. 사랑하는 이를 매일 바라보면서도, 낯설게 느껴질 때 당신은 어떤 생각을 하게 되는지요?

저는 이 모든 것들은 익숙하다고 착각하는 마음에서 비롯된다고 생각합니다. 어쩌면 단 한 번도 제대로 알고 있지 못했을지도 모르지요. 그럴 때 잠시 걸음을 멈춰 보세요. 지금 어디로 가고 있는지, 제대로 가고 있는지 살펴볼 시간이 필요합니다. 우리가 얼마나 걸어왔는지, 얼마나 더 걸어가야 하는지는 중요하지 않답니다. 가끔 궁금해서 뒤돌아보곤 하지요. 그럴 때마다 걸어온 길이 그리 멀지 않아서 실망하고, 남아 있는 길이 까마득해 보여 한숨을 쉬기도 합니다. 그런 것들은 염두에 두지 않는 것이 좋겠습니다. 다만, 지금 어디로 가고 있는지만 잊지 말기로 해요. 끝.

詩詩非非
시 시 비 비

초판 1쇄 2019년 07월 12일

지은이 김사윤
발행인 김재홍
디자인 이근택
교정·교열 김진섭
마케팅 이연실

발행처 도서출판 지식공감
브랜드 문학공감
등록번호 제396-2012-000018호
주소 경기도 고양시 일산동구 견달산로225번길 112
전화 02-3141-2700
팩스 02-322-3089
홈페이지 www.bookdaum.com

가격 15,000원
ISBN 979-11-5622-460-0 03810

CIP제어번호 CIP2019024772
이 도서의 국립중앙도서관 출판예정도서목록(CIP)은 서지정보유통지원시스템 홈페이지(http://seoji.nl.go.kr)와 국가자료공동목록시스템(http://www.nl.go.kr/kolisnet)에서 이용하실 수 있습니다.

문학공감은 도서출판 지식공감의 인문교양 단행본 브랜드입니다.